Este livro é dedicado à minha mãe,
Léa Maria Gamba Garib,
que mal sabe por onde andei...
e a Andreia de Souza Simon, mãe de
meu único filho.

memórias, paixões & perfis
23 contos + uma novela

Adriano Garib

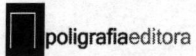

Copyright ©2018 by Poligrafia Editora

Memórias, Paixões & Perfis
ISBN 978–85–67962–10–8

Autor: Adriano Garib
Coordenação Editorial: Marlucy Lukianocenko
Revisão: César Magalhães Borges
Projeto Gráfico e Capa: Marcos Losnak
Diagramação: Luiz Alberto da Silva
Fotos: Adriano Garib

Todos os direitos reservados. Este livro não pode ser reproduzido sem autorização.

Dados Internacionais de Catalogação na Publicação (CIP)
(Câmara Brasileira do Livro, SP, Brasil)

Garib, Adriano
Memórias, paixões e perfis / Adriano Garib. -- Cotia, SP : Poligrafia, 2018.
ISBN 978–85–67962–10–8
1. Contos brasileiros I. Título.
18–20118   CDD–869.3

Índices para catálogo sistemático:
1. Contos : Literatura brasileira 869.3
Cibele Maria Dias – Bibliotecária – CRB-8/9427

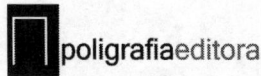

Poligrafia Editora e Comunicação Ltda–Me.
www.poligrafiaeditora.com.br
E–mail: poligrafia@poligrafiaeditora.com.br
Rua Maceió, 43 – Cotia, SP – CEP: 06716–120
Fone: 11 4243–1431 / Cel. 11 99159–2673

Há entre as pedras e as almas
Afinidades tão raras
Como vou dizer?

João Bosco / Antonio Cícero

Meu tempo é hoje
Eu não vivo no passado
O passado vive em mim

Paulinho da Viola

Palavra do autor

A presente edição reúne 23 contos produzidos nos últimos anos. Não estão em ordem cronológica, pois se irmanam menos no tempo do que temática e – se assim posso dizer – estilisticamente.

A meu ver, certos temas engendram certos estilos. Refiro-me tanto à linguagem quanto a padrões narrativos, embora isso esteja longe de ser uma regra. Prescindir de regras é, de fato, a sina de todo autor. De outro lado, trabalhar sem critérios me parece uma temeridade, especialmente para um autor de minha laia, cheio de deficiências.

Considero-me incapaz de evocar memórias sem fazer uso de um sóbrio e convencional relato ficcional, independentemente do eixo pronominal adotado.

De igual maneira, acho difícil versar sobre beleza, amor e excessos da paixão sem lançar mão de uma prosa infundida de certo lirismo.

Na seção Perfis, a primeira pessoa do singular me pareceu inevitável, bem como alguma desordem discursiva, próxima talvez de um surto psíquico (ou de um delírio maníaco).

Já a novela "Do Eterno Retorno", de lavra mais recente, é, para mim, um caso inclassificável de barroquismo febril. Que a classifiquem – ou desclassifiquem – vocês, leitores, a quem devo a honra de entreter com rigor e prazer.

Por fim, deixo aqui registrado meu agradecimento a Guilherme Siman, sem a intervenção de quem talvez eu não publicasse o que escrevo.

Adriano Garib

SUMÁRIO

MEMÓRIAS
- Quarto do desejo   13
- Os vaga-lumes da távola redonda   17
- Tio Guido   30
- Obtuberlândia   33
- Sem promessas   38
- Microcirurgia   41
- Madona   46
- Dois mil + 10   49
- Visita   51

PAIXÕES
- Anjo azul   59
- De como fui sugado em pleno carnaval por uma vampira que quase me matou   63
- Eduarda   65
- Como um escravo   68
- Um crime   73
- Correspondência interrompida   87

PERFIS
- Tentativa   99
- Odete   102
- Última sessão   106
- Flores de ferro   108
- Projeto   112
- Confissão   115
- Madame Rien   117
- Franco, tóxico & cansado   119

NOVELA
- Do eterno retorno   125

Mem

> *A diferença entre presente, passado e futuro
> é somente uma persistente ilusão.*
>
> Albert Einstein

órias

Das narrativas que seguem, as três primeiras são transleituras de memórias remotas, plenas de mistérios e fantasias. As demais são um tanto mais "fiéis" aos acontecimentos, o que obviamente não faz das mesmas relatos documentais. Quem cultiva o estranho hábito de escrever sabe que não existe fato vivido que a subjetividade não se encarregue de verter em ficção.

Quarto do Desejo

À memória de meu pai,
Isaac Garib Netto, e de minha avó,
Maria Vissotto Gamba

Narro este episódio para livrar-me da horrenda sensação que me perturba o espírito toda vez que tento recordá-lo. Quem sabe possa desenredar-me de suas garras.

Antes, porém, julgo necessário alertar aos que se atrevem a ler estas linhas: sou um espírito insensível; não obstante, minha condição talvez permita uma ou outra crise de má consciência, uma ou outra febre de culpa, doenças das quais muitos estão, senão inteiramente livres, ao menos mais seguramente distantes do que por ora me encontro.

"O estranho caso ocorreu em 1975, no remoto interior do estado de São Paulo. As lavouras de café da região haviam sido inteiramente devastadas por uma das geadas mais rigorosas das últimas décadas. Lembro-me bem de papai ao entrar em casa naquela noite gélida. Atônito, trazia nas mãos um galho esturricado de café. Com os olhos marejados, lamentou:

– O trabalho de um ano inteiro... destruído em uma madrugada.

A estúpida lei da natureza: algo contingente arruinar uma empresa cuidadosamente planejada e dia a dia cultivada. Esse tipo de desdita deveria ser convertida em tabu natural, algo de que a própria natureza aprendesse a se envergonhar e a se defender, com largas vantagens e com unhas e dentes. Mas, ao revés, o que vemos são espetáculos randômicos, nos quais imperam os mais estúpidos acidentes. Não deixa de ser fortuna, para nós, não percebermos em que medida os acasos se operam em nossas vidas. Fosse isso possível, ou bem enlouqueceríamos ou duvidaríamos para sempre de coisas como destino ou livre-arbítrio. De nada adianta negar a fatalidade do imprevisível. O princípio da incerteza parece ser o único.

Em meio à atmosfera lúgubre de minha casa, e intimidado por um inverno sem precedentes, era então inevitável que minhas impressões de menino, já naturalmente suscetíveis, fossem tão sombriamente marcadas pelos acontecimentos. Ademais, minha avó estava deitada em seu leito de morte, na cama grande do quarto grande de minha irmã mais velha. Por conta disso, nosso belo jardim murchava a olhos vistos, pois vovó era a única a se importar com ele.

E foi então que testemunhei algo assombroso e aterrador.

Diriam os céticos que eu estivera em estado não confiável ao me achar por demais impressionado pelo contorno das circunstâncias. Mas bem sei o que ouvi, e nem mesmo as suspeitas mais fundamentadas seriam capazes de me pôr em dúvida.

O fato é que por volta das 23h50 do dia 17 de julho, ao passar pelo longo corredor que ligava a sala de jantar aos quartos, ouvi, na altura do aposento em que vovó repousava, o que parecia ser um sutil grunhido animal, seguido do inconfundível estalar de folhas secas sob um andar cauteloso. Parei imediatamente e me pus a escutar, a orelha grudada na porta.

– *Se quer um conselho ao invés de alerta, ei-lo: esteja alerta e preste atenção nesta canção*, ao que se seguiu um canto muito baixo, cuja letra esforcei-me por acompanhar.

Imagine então o pavor que me gelou a espinha ao me dar conta de que aquela não era a voz de vovó. Tampouco os ruídos

poderiam estar sendo causados por ela, devido à frágil saúde que a obrigava a permanecer deitada. Contive-me ao máximo para não me alterar e, com uma frieza que desconhecia, disse:
– Quem é você?
Estalar de folhas secas; respiração ofegante.
– O que você quer?
Riso abafado, lenta aproximação. Cresce meu medo.
– Quem está aí?
– ...
– Deixe minha avó em paz.
– ...
– Ela está muito doente. Não é bom ficar zanzando pelo quarto.
– ...
– Por que se trancou aí? Essa porta deve ficar aberta para que possamos cuidar dela.

Grande agitação, como se a coisa do outro lado se impacientasse de súbito. Um sopro mais frio que o sereno da geada atinge-me a nuca como uma pancada. Aterrorizado, ouço o arrepiante sussurro:
– *Gosta de brincar com fogo?*
– Que canção é essa? Não entendi a letra.
– ...
– Pode repeti-la?
– ...
– Por favor.

Ouvi então, ainda como um sopro e a despeito de todo o meu temor, o que dizia a cantilena do outro lado da porta:
– *Não procure, amigo, o grande formigueiro,*
Ele está embaixo de você;
Não almeje, meu anjo, a santa perfeição,
Ela está fora de você;
Não queira, coração, a infelicidade,
Ela virá até você.

Já sem conseguir deter a tremedeira que me fazia saltar o coração, insisti:
– O que é você?
E veio a resposta:
– *O quarto do desejo.*
...
– Posso desejar o que quiser?
– *Sim.*
– E meu desejo será?...
– *Sim.*
...
– Quero morrer no lugar de vovó.

Morri.
Vovó continua viva. Aos 97 anos ainda cuida de nosso jardim, hoje mais florido do que nunca. Papai deixou, a pedido de mamãe, sua grande paixão, as lavouras de café. E desde então, nenhum inverno igualou, nem de longe, o de 1975."

Os Vaga-lumes
da Távola Redonda

Ao meu amado irmão, Marcelo Garib

1

Éramos eu, Bimbo, Juninho, além de meu irmão e outros desocupados. Meu irmão era apenas um ano e meio mais velho que eu, o que nos tornava inseparáveis companheiros. Ademais ele era, para mim, uma sólida referência de coragem, inteligência e lucidez. Não que na tenra juventude "lucidez" tivesse alguma importância, mas o resto sim. Tudo que eu queria, sendo um medroso contumaz, era ter ao menos um pouco da valentia que meu irmão esbanjava.

Dessa época, assombram-me até hoje estranhas e fascinantes recordações. Morávamos numa cidadezinha do interior paulista, onde abundavam pastos verdes e onde um de nossos tios, rico e generoso, era dono de uma gigantesca mansão, com um pomar de dar inveja aos vizinhos. Que pomar! Quantas árvores escalamos, jabuticabas engolimos, goiabas bichadas saboreamos, taturanas incendiamos...

Ao recordar esse tio, não posso deixar de dizer que tinha o aspecto de um elegante mordomo, quase o Alfred do seriado "Batman" da década de 1960. Era de uma calma e de uma bondade que minha inocência só podia enxergar como uma espécie rara de santidade em extinção. Por isso, toda vez que se aproximava, calávamos e deixávamos que nos conduzisse da maneira dele: lenta, porém firme e plena de alegre ironia, como se precisasse de um bando de crianças deslumbradas para retomar seu entusiasmo juvenil pela vida. Contudo, o que mais nos excitava – além do fato de que parecia nunca estar ocupado e de que usava todo seu tempo apenas para nos entreter – era que esse nosso tio, por prazer ou pura leviandade, tinha sempre uma novidade ou algum grande mistério no qual se deleitava em nos introduzir.

Certa vez, revelou-nos uns cômodos secretos de sua mansão, com móveis cobertos por pesados panos empoeirados e uma enorme caravela dentro de uma garrafa. A molecada se agitava numa algazarra estridente e, entre pulos e gritos, bradava:

– Tio, como é que colocaram o barco dentro da garrafa?

"Mágica", dizia ele. E prosseguia calmamente seu périplo pelos desvãos da casa. Andávamos atrás dele, ávidos por novidades e calados de fascínio e expectativa.

Subitamente nos encarou, abriu um sorriso maroto e cochichou:

– Adivinhem o que tem dentro deste baú?

A gigantesca arca parecia esconder um elefante. Gritávamos, um mais alto que o outro:

– Um tesouro dos piratas! Um astronauta! Um bicho brabo! A máquina do tempo!

Ele apenas sorriu e disse:

– Dinheiro.

E, abrindo lentamente a arca, atirou para o alto punhados de moedas, embaladas num brilhante papel dourado. Até hoje não me lembro de ter comido chocolate tão gostoso.

Num belo dia, titio levou-nos até o porão para nos contar um segredo que, segundo ele, nunca havia revelado a ninguém. Estávamos todos em redor dele, como discípulos de um guru de alta estirpe, quando anunciou, em tom solene:

– Eu vi um disco voador.

Incrédulos, apenas nos entreolhamos, tentando conter o riso. Atento à nossa chacota, retomou a palavra, com um olhar que fez desaparecer os risinhos de nossas caras.

– Não acreditam? Aqui mesmo, no pasto vizinho de casa. E mais: estive com um alienígena e conversei com ele durante quase uma hora.

E nos encarou, mais sério do que nunca, a aguardar alguma reação ou pergunta. Ninguém ousou abrir a boca. Ele prosseguiu:

– Muito parecido com os humanos. Tinha cabeça, tronco e uns membros a mais e falava nossa língua com fluência. Conversamos sobre vários assuntos. Mas o que mais me chamou a atenção foram os...

E calou-se subitamente. Todos com caras de interrogação e titio calado, o suspense gritando em seus olhos. Meu irmão levantou-se e quase ordenou:

– O quê, tio?

Ele pigarreou e disse:

– Pirilampos.

Ninguém moveu um músculo. Titio eriçou as descabeladas sobrancelhas e, quase irritado, quis saber:

– Não é notável?

Juninho se arriscou:

– O que é pirulampo?!

"Ah, seus merdinhas", ralhou o velho; e, corrigindo Juninho, acrescentou:

– Pirilampo é um vaga-lume. O alienígena me assegurou que vaga-lumes são seres extra-terrestres, colocados no planeta Terra há alguns bilhões de anos para nos espionar.

Novamente nos entreolhamos. Bimbo explodiu numa gargalhada que mais parecia uma grazina, no que foi imediatamente acompanhado por todos. Titio nos fez calar:

– Moleques!

Silêncio total. Bimbo estava roxo de tentar segurar a risada.

Depois soube que o esforço foi tão grande que ele chegou a cagar nas calças. Inabalável, titio voltou à carga:

— Querem duvidar de um homem com mais de 80 anos bem vividos? Você aí, com cara de berinjela: quantos anos têm você?

Referia-se a Bimbo, o único entre nós que não conseguia parar de rir. E não é que ele tinha cara de berinjela mesmo!

— Não é nada não, tio. Minha mãe diz que tenho o riso solto...

— Pois o alienígena disse que a única coisa nos humanos que eles não entendem é a risada. Portanto, cuidado, menino. Corres o risco de ser abduzido de uma hora pra outra.

Todos se agitaram. Bimbo quis saber:

— O que é isso?

O professor esclareceu:

— Abdução é um sequestro amigável. Os alienígenas nos sugam para o interior de suas naves para realizar pesquisas experimentais com nossos corpos e órgãos. Tudo no intuito de conhecer melhor nossa raça. Eles são muito inteligentes e bondosos. E infinitamente superiores. Mas não se preocupem. Em casos assim, em um ou dois meses, eles nos devolvem às nossas famílias, intactos... e, às vezes, melhorados.

Fiquei aterrorizado. Pesquisas experimentais? Pelo tom do relato, coisa boa não parecia ser...

— Mas não nos desviemos do assunto principal, atalhou titio, suspendendo meus temores.

E prosseguiu:

— Pirilampos. Estes inocentes e luminosos insetos são chips voadores que colhem informações sobre nosso planeta para repassá-las aos alienígenas. Estejam atentos. Toda vez que um vaga-lume rodeá-los, piscando sua diminuta lâmpada, estará, na verdade, escaneando suas funções cerebrais.

E assim encerrou sua bizarra conferência. Nem parecia o mesmo homem, calmo e pacífico, que julgávamos conhecer tão bem. Juninho, com sua voz de menina e sua língua enrolada, rompeu

nosso pasmado silêncio:
— Mas que negócio é esse de escantear nosso célebro? Pra que os aliegínenas fazem isso?
Em tom sinistro, e citando Raul*, titio foi lacônico:
— Para saber o nível mental que você anda por aí usando.

2

Dia seguinte, logo cedo, reunimos a turma no casarão abandonado que ficava bem em frente ao maior pasto da cidade. Ali nos juntávamos sempre que algum plano precisava ser urdido. Diziam que aquela velha casa, ampla e de apenas um cômodo, havia pertencido, em tempos remotos, à maçonaria, que ali fazia suas reuniões secretas. Se era ou não verdade, para nós pouco importava. O que nos entusiasmava no antigo casarão era o fato de boa parte de seu assoalho não existir mais; seu aspecto de fúnebre ruína, os móveis e trajes e espadas e brasões (dos quais nos apropriávamos sem qualquer pudor ou receio), o cheiro que infestava o lugar – não chegava a ser ruim; era o cheiro de outro mundo! – e, sobretudo, as marcas de sangue nas paredes, que nos levavam a inventar as mais alucinadas e atrozes fantasias.

Meu irmão abriu a reunião:
— Hoje à noite temos encontro marcado aqui no casarão. Daqui seguiremos pasto adentro, onde vamos conferir, de uma vez por todas, se o tal alienígena existe mesmo ou se o titio anda variando das funções mentais.

Juninho, mais medroso do que eu, antecipou-se:
— Mas o pasto é grande demais! E de noite dá medo, é muito escuro demais! E tem muito mosquito demais! E minha mãe disse que os bois brabos do outro lado do ribeirão correm atrás da gente! E que a gente pode se perder pra sempre e nunca mais voltar pra casa! E que nos vales grandes os carrapatos são do

*Raul Seixas

tamanho de uma bola de futebol! E que nem com lua grande dá pra ver nada! E que...

– Juninho, ninguém tá te obrigando a ir. Só vai quem quer. E quem tiver coragem, provocou meu irmão.

Daí eu disse, deixando de lado meu cagaço:

– A gente pode levar umas lanternas, hein? E umas caixas de papelão pra escorregar nos vales.

Bimbo vibrou com a ideia:

– Putz, verdade! Tem um vale que eu vi uma vez, perto do sítio do meu vô, que tinha uns 15 metro de fundo, parecia uma cratera!

Alguém chacoteou:

– 15 metros tem o buraco da sua cabeça!

Risos. Bimbo gritava, tentando nos fazer crer:

– Jura por Deus! Cês não acredita?! Eu mostro, vamos lá, cês vão ver!

Outro, ainda rindo, objetou:

– Tá maluco, Bimbo! O sítio do teu avô fica na divisa com Duartina!

Mais risos. Bimbo volta à carga:

– Ué, mas cês não querem varar o pasto inteiro? Então! O pasto é infinito! Meu avô disse que um dia ele e uns amigos tentaram medir o pasto e que ele não acaba nunca mais. E que quando eles voltaram pra casa, de tanto camelar no pasto, tavam esverdeados e tiveram que tomar uns três banhos de banheira pra tirar o verdume!

Meu irmão emendou:

– Tá explicado. Seres de outro planeta são verdes. O alienígena é o avô do Bimbo!

Gargalhadas. Bimbo, com sua risada solta, foi quem mais riu.

3

Pouco antes das cinco e meia da tarde, já era noite. A lua conspirava a nosso favor: cheia, grande, brilhante que só. O último a chegar foi Juninho, todo suado, vermelho, com uma tábua debaixo do braço e um lampião velho pendurado na cintura.

– O lampião eu tunguei da mãe. Se ela descobrir, me esfola.

Nessas alturas, todos já haviam desmontado suas caixas de papelão e preparado uma prancha dupla e reforçada. A ideia era aproveitar a expedição para praticar nosso esporte favorito: esquigrama, que alguns teimavam em chamar de esquibunda. Contudo, essa era a primeira vez que iríamos praticar o esporte durante a noite, o que nos enchia daquela mistura incomparável de medo com a mais pura excitação. Bimbo, enciumado com a prancha de Juninho, levantou a bola:

– Olha o Juninho! Trouxe uma prancha de mané!

Juninho ralhou:

– Inveja! Olha aqui: lisinha e levinha e desliza na grama que nem um carrinho de rolimã.

Cheguei junto de Juninho e propus:

– Troco minha lanterna por essa prancha de madeira.

Ele hesitou:

– Tenho meu lampião.

– Isso aí não ilumina porcaria de nada. Cê vai ficar no escuro.

– Vou nada.

– Vai sim. Se a gente se separar um pra cada lado, você fica no escuro e nunca mais se acha.

Muito fácil meter medo no Juninho. Era um bundão, um pilha fraca fácil de engambelar. Ainda hesitante, ele disse:

– E você? Vai ficar sem sua lanterna?

– Já viu a lua?

Juninho encarou a lua, cabreiro. Depois disse, meio contrariado:

– Dá aqui essa lanterna, vai! E vê se me arruma esse papelão aí.
Dei a ele meu papelão e minha lanterna e tomei de suas mãos aquela prancha. O pai dele era marceneiro e a tinha feito especialmente para o esquigrama. Com ela, eu pretendia ganhar o troféu "surfista-prateado" da noite. Estava eufórico, cheio de expectativa, quase não me reconhecia, de tão animado.

Juninho ainda me disse:
– Não vai querer o lampião?
– Essa porcaria no meio dum breu desse? Dianta nada!
– Vai ficar no escuro? É perigoso!
– Eu fico com a lua. E com meu sentido de aranha, o que o fez dar sua risada de menina.

Todos prontos e a postos, meu irmão anunciou:
– Aí, cambada! Vamos ver se a gente anda junto e com cuidado. E quem pisar na merda, fica longe de mim!

4

Caminhávamos em grupo, pois o escuro era de meter medo. Apesar da lua – que a essas alturas brilhava no zênite – e de nossas lanternas, o tortuoso e acidentado pasto escondia surpresas e armadilhas capazes de nos jogar por terra e facilmente abalar nossos ânimos de aventureiros destemidos.

A intenção, conforme nossos planos, era primeiro localizar a maior concentração possível de vaga-lumes, para então tentarmos estabelecer – ainda não sabíamos como – algum tipo de contato com os alienígenas.

No caminho, lembrei-me de uma estranha ocorrência que nos levou a dar crédito ao que titio nos contara no dia anterior.

Há algumas semanas, eu, meu irmão e Juninho vadiávamos no pasto, num fim de tarde, com a firme intenção de envidrar insetos voadores luminosos. Adorávamos fazer isso. Esvaziávamos os vidros grandes de biscoitos da dispensa de mamãe e com eles caçávamos vaga-lumes. Não era fácil. Fazer essas minúsculas luzes flutuantes entrar num recipiente fechado exige paciência, habilidade e muita concentração. Mas vale a pena! Ao chegarmos à casa, corríamos eufóricos para o nosso quarto, apagávamos as luzes e ficávamos a aguardar o momento em que acenderiam, apenas pelo prazer de observá-los de perto e de curtir o mágico efeito piscante de suas luzes na escuridão.

Mas naquela noite aconteceu algo realmente fora do comum. Um dos vaga-lumes do meu vidro acendeu, mas ao invés de apagar em seguida, permaneceu aceso, emitindo uma forte luz esverdeada. Ficamos a princípio fascinados, pois isto era raro, senão impossível. Subitamente, a luz passou a projetar, em todas as paredes do quarto, estranhas figuras geométricas, rodeadas de incompreensíveis equações. Mudos de espanto, mal conseguíamos nos olhar. Ficamos tão temerosos com o evento que decidimos, sob juramento, não revelá-lo a ninguém. Aquilo estava além do alcance de nossa limitada compreensão. Assim, o modo mais justo de manter o devido respeito pelo mistério que somente a nós foi revelado era calando nossas bocas.

Na tarde do dia anterior, enquanto titio nos contava a história de seu encontro com o alienígena e seus vaga-lumes, eu, meu irmão e Juninho nos olhávamos o tempo todo, cúmplices e pasmos com o que ouvíamos. Ao voltarmos para casa, quando o resto da turma dispersou, meu irmão e Juninho lançaram olhares significativos na minha direção, indicando silenciosamente que caminhássemos juntos e assim pudéssemos conversar em segredo. Ansioso e um tanto assustado, Juninho adiantou-se:

– Sabia! O tio tem razão! Os vaga-lumes são clips voadores!
– Fala baixo!, cochichou meu irmão, olhando para os lados.
– E agora?, indaguei. Vamos ter que conferir.
Como sempre prudente, meu irmão sentenciou:
– Amanhã cedo a gente se encontra no casarão pra combinar.

Durante meu devaneio, enquanto recordava esse estranho episódio, ouvi Bimbo nos alertar, quase sem voz:

– Olha! Luzes!

Todos se voltaram para a mesma direção... e o que vimos foi um magnífico facho de luz branca, tão branca que chegava a cegar. A luz emanava do fundo de um vale, um dos maiores daquela área. Durante alguns segundos permanecemos calados, atônitos, exatamente como acontecera na noite em que um único vaga-lume projetara estranhas imagens nas paredes do nosso quarto. Foi meu irmão quem rompeu, à meia voz, nosso pasmado silêncio:

– Agora é estratégia, pessoal. Vamos nos dividir. Eu vou com meu irmão, Bimbo e Juninho pela esquerda. O Maurício vai com o Reco, o Pegoraro e o Nadinho pela direita. E o Cansado e o Paganini, com o resto da turma, pelo meio. A gente se encontra no topo do vale, cada grupo numa posição, formando um triângulo. Alguma dúvida?

– E depois?, quis saber Juninho, com voz trêmula.

– Depois é ver pra crer, disse meu irmão.

O Reco, que quase não falava, resolveu encrespar:

– Mas e se for os bicho de outro mundo? E se sugarem a gente pra dentro das máquina deles?

– Vai peidar agora? Justo na melhor hora?, disse meu irmão, encarando Reco.

O Reco era grande, maior que meu irmão, mas tamanho não era documento.

– Se acontecer alguma coisa ruim, cê vai se ver comigo, valentão.

Meu irmão se aproximou dele e, sem perder a calma, mandou:

– Se quiser dar meia volta e correr pra mamãe com o rabo entre as pernas, ninguém aqui vai dar falta de você, grandão.

Reco calou-se e voltou pra junto de seu pessoal.

– Apaguem as luzes, ordenou meu irmão, tomando a frente.

Seguimos logo atrás. Meu olhos lacrimejavam de tão abertos, o suor escorria grosso pelas costas e pelo rosto. A cada segundo a tensão crescia, o medo nos inflamava. Estávamos prestes a testemunhar um evento super extraordinário; caminhávamos curvados feito ladrões de gado, no breu mais exuberante de nossas vidas. Só se ouvia o roçar de passos na relva alta e o ribombar de nossos corações, em coro, a se misturar com a orquestra de insetos e aves noturnas do pasto.

Ao chegarmos à grande borda do vale e olharmos para baixo, vimos o que parecia ser uma nave muito luminosa, perfeitamente redonda, sobre a qual sobrevoavam faíscas de luz. Fomos todos subitamente assaltados por um paralisante silêncio. Acho que foi Bimbo quem, num surto de pavor aliado à mais surpreendente coragem, gritou:

– Atacaaaaar!

Não deu tempo de piscar. Como se tivéssemos ensaiado, todos nos atiramos ao mesmo tempo ladeira abaixo, gritando e escorregando, ágeis na grama úmida, sobre nossas pranchas. Fui o primeiro a alcançar o fundo do vale. E só então percebemos que aquilo que parecia um imenso e luminoso disco-voador era uma raríssima e belíssima e gigantesca reunião de vaga-lumes. Assustados com nossa súbita e barulhenta chegada, eles alçaram voo e passaram a nos rodear, ágeis e piscantes, criando diante de nossos olhos um espetáculo de luzes. E foi aí que começamos a sonhar acordados. Permanecemos estáticos, inteiramente abestalhados, tentando entender o que se passava em torno de nós: um imenso e esverdeado conjunto de hologramas tridimensionais de nossos corpos e cérebros era continuamente projetado no espaço num ritmo alucinante e cambiante, acompanhado de estranhos gráficos e equações e de um agradável ruído que, apesar de nossos posteriores esforços, ninguém foi capaz de reproduzir. Isso durou, creio, cerca de um quarto de minuto, após o que tudo desapareceu. Os hologramas, gráficos, vaga-lumes, tudo! Zupt! E a escuridão. E o silêncio.

Voltamos para casa a passos lentos. Ninguém deu um pio. Nem meu irmão, de quem esperávamos algumas palavras, foi capaz de falar. Nem Bimbo ou Juninho. Todos perplexos de espanto, medo e fascínio.

5

Na manhã seguinte, sem qualquer combinação, todos nos encontramos em frente à casa do tio. Notamos um corre-corre entre os empregados. Titia, que quase não saía de casa, veio nos atender, pálida como um fantasma. Intrigado, meu irmão se adiantou:

– Aconteceu alguma coisa, tia?

– Seu tio desapareceu.

– Desapareceu? Quando?

– De madrugada. Acordei e tinha um bilhete no travesseiro dele.

Todos nos olhamos, aterrados. Ninguém teve coragem de perguntar o que estava escrito no bilhete.

Durante anos ficamos conjecturando o que poderia ter acontecido. Nossa hipótese era a de que titio tinha ido embora com os alienígenas e que morava agora num ranchinho à beira de uma das crateras da lua. Ou que havia sido abduzido e que seria, um dia, devolvido como uma espécie de ser mutante, meio homem, meio alien, e que então nos contaria incríveis histórias sobre suas aventuras extraterrestres.

Alguns anos se passaram. Titia morreu, dizem que de desgosto.

Tempos depois, soubemos o que estava escrito no bilhete: "Fui dar uma volta. Não me espere." Mamãe dizia que era por causa de outra mulher, com quem titio manteve um relacionamento secreto durante anos. Papai foi mais lacônico: "Suicídio, tá na cara."

Mas para nós, que havíamos testemunhado aquela noite no pasto, sobre a qual jamais trocamos uma palavra, titio ainda viajava entre as estrelas e, um belo dia, voltaria feito um cometa, a milhares de quilômetros por hora, só para nos exibir seu infinito rabo de gelo.

Tio Guido

Às minhas adoráveis tias

Tinha um figura na minha infância que minhas tias chamavam de Tio Guido. Esse tio, nosso amável vizinho, era o que todos, de um modo ou de outro, reconheciam como uma presença sagrada: idoso, frágil, loquaz, observador e sagaz. "Tio", naquele caso, indicava menos o parentesco do que o título de avançada condição humana.

Tio Guido dizia coisas sumamente interessantes, mas só quando o tempo estava bom. Quando estava nublado, ele ficava triste de um jeito que me assustava um pouco. E dizia coisas terríveis e incompreensíveis. Eu era criança mas não era besta. E pensava: como um homem via de regra tão eloquente e sereno vira, de repente, um peixe das profundezas, escuro, apartado e por vezes um tanto hostil? Na minha infância, este foi, talvez, o maior mistério. E, até hoje, o mais insondável.

Coisas que Tio Guido dizia quando o tempo estava bom:
— A vida é dourada? É. Mas não é só dourada. É um pretume também. Faltou luz? Normal. Não pagou a conta? Depois paga. A gente acha que é o fim da linha? Não é. A gente acha que vai morrer? Não vai. A gente acha que é porcaria? Não é. A gente é coisa boa, pode fazer coisa boa, coisa engenhosa, bonita. Custa a acertar o passo? Custa. Se procurar acaba achando? Se procurar, acha. Se não procurar não acha? Se não procurar fica difícil. Mas se não procurar pode achar assim mesmo? Se não procurar pode

achar mesmo assim. Tem dia que é noite? Tem dia que é. Tem noite que é triste? Tem umas que sim. Tem noite que é bão? Tem umas que são.

– Quer saber se o camarada é bão? Arruma uma máquina de fazer retrato e faz um retrato dele. Se o retrato embaçar um tiquin, é coisa boa, gente de confiança. Se ficar nítido, muito nítido demais da conta, é coisa ruim. Em nesse caso, te aprume e fique atento. O camarada muito nítido nos retrato é quase sempre um salafrário.

– Nenhuma maçã vai te salvar a vida. Mas se você comer duas por dia, uma de dia outra de noite, custa a morrer. Vévi muito.

– Outra coisa que atrasa o sujeito de bater as botas é couve. Couve manteiga. Preparada à mineira, vévi demais. Mas morre. Um dia morre.

Coisas que Tio Guido dizia quando estava nublado:
– Mas nossa Senhora amada! Vida empesteada. Vida emprestada. Vida imprestável.

– Sai daqui, moleque feio. Tu é só um menino bobo. E feio.

– A ruína vai te engolir um dia. Tu vai encarquilhar. E a ruína vai te devorar. Começa pelos pezinho, vai subindo pelas perninha, até nhoc! Cumê você tudinho! (Isso me aterrorizava)

– Tira sangue, bota sangue, tira sangue, bota sangue... Dianta nada. Vai tudo pra vala do barranco eterno.

– Já ouviu falar em sombra perdida? Tem umas sombras por aí que andam por aí, perdida por aí. Dizem que sombra perdida não leva nada a sério. E que só anda pelada por aí. Sombra perdida pelada por aí. Cuidado. Elas cutucam a gente na bunda, às vezes no olho do cu, o susto é grande. Cuidado.

– Teve um menino um dia que apareceu aqui, um menino esquisito que um dia apareceu aqui, que dizia que o menino que apareceu aqui dizia o seguinte pro menino que apareceu aqui: vai dançar na praça, desgraçeira, vai dançar até morrer do coração, perdição, vai dançar, ocê mais um monte de sombra perdida, vai dançar pelado, vergonha, vai morrer na praça, na frente dos olho de todo mundo pro mundo ver! Vai que a cura vem, vem que a cura vai. Vai!

Grande Tio Guido.
Esse negócio de dançar na praça... Até hoje considero a possibilidade.
Um dia eu vou. E danço até morrer.

Obtuberlândia

À adorável família de dentistas que me rodeia

Minha obturação quebrou em Uberlândia. Sábado à tarde. Calor. No hotel, peço a ajuda ao recepcionista. Ele responde:
— Tem dentista aberto a essa hora não.
Digo:
— Sempre tem um.
Ele me olha, surpreso.
— O quê?
— Sempre tem um dentista aberto.
— A essa hora?
— A qualquer hora do dia ou da noite.
Ele me encara e, após sutil olhar de desafio, diz:
— O senhor pode almoçar sossegado. Vou dar uma espiadinha na lista.
— Lista?
— Telefônica.
— Ah.
Após o almoço, volto à recepção.
— Tem banco eletrônico aqui perto?
— Ué, o senhor não ia na dentista?
— Preciso sacar dinheiro.
— Até já marquei hora.
— Preciso sacar dinheiro.

Seu rosto se transfigura.
– E a dentista?
Respiro.
– Preciso de dinheiro.
– Mas eu já marquei. Quer que desmarque?
Respiro.
– O senhor marcou pra que horas?
– Pras 3.
Olho o relógio: 2 e meia.
– O senhor vai querer um táxi ?
– Fica longe daqui?
– Longinho.
– Dá pra ir andando?
– De táxi dá. Chamo um pro senhor?
– E o banco eletrônico?
– E a dentista?
Respiro.
– Preciso sacar dinheiro. Onde fica o banco eletrônico?
– Logo ali, dá um pulinho daqui. O senhor quer um táxi ?
– Confirma a dentista pras 3, por gentileza. Vou ao banco eletrônico.
O recepcionista entra em pânico.
– Espera. O senhor vai pegar dinheiro depois vai voltar aqui pra tomar o táxi pra dentista, vai tomar o táxi pra ir no banco pegar dinheiro depois vai a pé na dentista, vai a pé pegar dinheiro e depois vai a pé na dentista ou vai fazer tudo de táxi ?
Respiro.
– O senhor está bem?
Nos encaramos um tempo.
– Faz o seguinte: me dá o endereço e o telefone da dentista que eu me viro.
Meio a contragosto, ele anota e me estende o papelzin.
– Impressão minha ou o senhor ficou nervoso?

– Impressão sua.
Sigo pro banco. Ando, ando, ando sob um sol de 34 graus. Não há árvores à vista. Nada de brisa. Tudo parado. Ninguém na rua. Logo ali é longe.
Num velho orelhão, ligo para a dentista:
– Sou o fulano das 3 da tarde.
– Pois não.
– O serviço está estimado em quanto?
– O senhor é artista?
– Isso tem importância?
Silêncio. Ela pensa.
– É restauração?
– Pré-molar superior direito.
Ela pensa.
– 60 reais.
– Obrigado.
Saco o dinheiro, volto pro hotel. O recepcionista chama um táxi. Aguardo. O táxi chega. Entro e digo:
– Boa tarde. O senhor me leva pra rua Alagoas?
– Que número?
– 1396.
– Pra lá ou pra cá da rodovia?
– Não sou daqui.
Ele me olha pelo retrovisor.
– São Paulo?
– Rio.
Ficamos parados um tempo.
– Podemos ir?
– Pressa?
– Tenho hora marcada.
– Pra que hora?
– Pras 3.
Ele espia o relógio.

– Vai atrasar.

Partimos.

Rodamos, rodamos, rodamos. O chofer não consegue se localizar. Chega a perguntar a alguns raros transeuntes onde fica a tal rua, mas todos respondem a mesma coisa: "Sou daqui não."

Afora isso, ruas desertas. Nenhuma árvore, nenhum vento, nenhum cachorro.

Após rodarmos até o taxímetro marcar 32 reais, finalmente encontramos o endereço.

– Quanto lhe devo?

– 32... Dá 30 redondo.

– E o desconto?

– Desconto?

– Rodamos mais porque o senhor se perdeu.

– Mas o senhor também não sabia onde era.

– Não sou daqui.

Ele se volta para trás e me encara.

– E é de onde?

Saco 15 reais e pago. Salto do táxi. Ele sai em disparada.

Agora estou em frente ao endereço da dentista. Aperto a campainha uma vez. Um tempo. Voz ao interfone:

– Pois não.

– Sou o cliente das 3.

Um tempo. O portão se abre. A dentista me atende no consultório, um cômodo adjunto de sua casa. Simples, objetiva, educada. Vejo em seus olhos o brilho da honestidade, dos que acharam seu lugar no mundo e seguem vivendo sem maiores preocupações.

Sento-me na cadeira, abro a boca. Enquanto estou com a boca aberta, ela inicia seu solilóquio:

– Quer dizer que o senhor é do Rio de Janeiro? Sempre quis conhecer o Rio de Janeiro. Muito violento lá?

– ...

– Eu e meu marido já tentamos várias vezes. Nunca deu certo.
– ...
– O senhor é artista da tv também? Já fez novela?
– ...
– Olhando assim pro senhor, acho que já vi o senhor em algum lugar.
– ...
– E seu teatro? Como chama? É comédia?
– ...
– Aonde cês vão passar?
– ...
– A gente aqui quase não sai de casa. Nosso bairro é sossegado, mas essa cidade... Já conhecia aqui? Primeira vez?
– ...
Ela termina o serviço em menos de 15 minutos. Agradeço, pago, vou embora.
Na rua, procuro um táxi. Nada.
O sertão é dentro da gente*.
Volto andando pro hotel.
Ao passar pela recepção, ouço:
– Dente novo?
Não devia dizer nada, mas paro e observo:
– O que seria de mim sem dentes?
O recepcionista: "Banguela!", e ri com gosto.
Entro no quarto do hotel, abro a janela, acendo um cigarro...

Incrível como uma experiência, de tão prosaica, pode mudar a qualidade de nossa presença no mundo.

*Guimarães Rosa ("Grande Sertão, Veredas")

Sem Promessas

A Analine Barros

Estava numa fila de boate e gritou meu nome, alto e claro. Nunca a tinha visto, mas surpreendeu-me o tom de voz familiar, como se já a conhecesse. Chamou-me a atenção sua linda e arredondada bunda, enfiada num jeans muito apertado. Depois o sorriso, a boca, a coisa toda.

Entrei na boate e fingi ter sonhado com aquilo.

Mais tarde, depois de tê-la visto desfilar sua pronunciada sensualidade pelo salão, recebo um bilhetinho. Nele, apenas um número de telefone. Meus amigos, eufóricos, diziam a plenos pulmões que eu era um cara de sorte, que ela passara a noite tentando chamar minha atenção, que já tinha ido embora e pedira a eles que me entregassem o bilhete.

Ela me quis e eu não fiz caso. Ao menos deixara o telefone.

Fui para casa pensando nela, embora – a gente nunca aprende – acompanhado por outra.

Dia seguinte, primeira precaução: procurar o bilhete em meus bolsos. Não o achei. Amaldiçoei meu porre e a mulher em minha cama. Acordei meus amigos, que me asseguraram não ter o telefone dela e que ela não era do tipo que dava seu número a qualquer um.

De noite, preferi não encarar a balada. Estava cozido de ressaca, aborrecido. Fui ao boteco do Russo e pedi uma cerveja. Fiquei ali, sentado, sozinho, bebendo. Pensava nela sem parar, em sua impecável silhueta, em seus movimentos sinuosos e em como pude deixá–la escapar. Desesperado, consultei minha agenda telefônica. Precisava falar com alguém, dizer o quanto era um idiota, quando meu telefone tocou. Não reconheci o número.

– Olá, rapaz difícil.
– Não é possível... Você?
– Você quem?
– Estava pensando em você.
– Mentiroso.
– Perdi seu número.
– Tudo bem. Eu te achei.
– Quero te ver agora.
– Calma.
– Não estou calmo pra você?
– Não o bastante.

Conversamos um pouco e marcamos de nos encontrar dali a meia hora.

– Quer que te apanhe em casa?
– A gente se vê lá.

Bar lotado, como sempre. Marcamos no balcão. Cheguei antes e pedi um gim-tônica. Ela chegou meia hora depois. Linda, – embora enfiada numa bata que estrategicamente escondia suas curvas – sorriu para mim.

– Demorei?
– Muito. Queria ter te encontrado há uns 12 anos.
– Não ia dar. Eu tinha 10.
– Você tem 22? Não pode ser!
– Por que não?
– Seu espírito tem mais.
– Pode ser. Mas este corpinho atravessou 22 primaveras, não mais.

Rimos a noite toda.

Como é bom rir bem acompanhado, encontrar alguém em meio ao deserto de sempre. Bom dar-se conta de nossa solidão, e como é bom aplacá-la. Bom olhar nos olhos do ser desejado, falar coisas sem pensar, rir e beber e chorar e reclamar da vida. Bom ser apenas o que somos. Bom estar aqui, agora. Boa essa luz suave sobre nós, e essa conversa e essa expectativa. Bom flanar por ruas desertas de mãos dadas com você.

– Bom o seu perfume.
– O seu também.
– O que mais é bom?
– Estar aqui, com você.

Atravessamos a noite com palavras e carinhos e silêncios incríveis. Fomos para minha casa. Começamos na cozinha, passamos pela sala, fizemos um gran finale no quarto e prosseguimos no banheiro. Dei banho demorado nela, com inspiração e devoção. Coloquei-a para dormir.

Dia seguinte, estávamos já enamorados, com calma e sem precipitações.

E até hoje digo a ela: "Sem promessas, sem planos. O resto acontece."

Microcirurgia

A Ana Paula

1

Decidiu fazer uma cirurgia para extrair o excesso de prepúcio que, em contato com a glande, causava irritações e alergias. O urologista disse:

– O procedimento é simples, uma microcirurgia, não dura mais que meia hora.

Ainda assim, menos por precaução que por temor, pediu anestesia geral.

Um pouco antes de ir para o hospital, ligou pra mãe, que morava em outra cidade.

– Tou indo pro hospital.
– Com quem?
– Sozinho.
– Sozinho não vão te deixar fazer a cirurgia.
– Por quê?
– Você pediu anestesia geral?
– Pedi.
– Tem que estar acompanhado.
– Acompanhado?
– É, filho, tem que ter alguém que se responsabilize por você.
– Mas é só uma microcirurgia.
– Você pediu anestesia geral?
– Pedi, mãe, pedi...

– Então arruma alguém pra te acompanhar.
Quem, àquela hora da tarde, numa terça-feira, poderia acompanhá-lo a um hospital? Quem teria a improvável disponibilidade? Ah sim, pensou. Talvez a amiga do 1º andar.
Bateu à porta. Atendeu a amiga da amiga:
– Pois não.
– Fulana está?
– Saiu.
– Sabe se demora?
– Acho que sim.
– Você é amiga dela?
– Vim dar uma olhada nos gatos. Moro no sétimo andar.
Tomou coragem e mandou:
– Você me faria um favor?
– Depende.
– Você me acompanharia a um hospital?
– Alguém morreu?
– Não. É que vou fazer uma... cirurgia. Microcirurgia, coisa simples. E tenho que estar acompanhado.
– Você pediu anestesia geral?
– É, pois é, pedi.
– Sortudo. Tou com a tarde livre.
– Puxa, você me faria esse favor?
– Só porque naquele dia você me emprestou açúcar.
– Eu te emprestei açúcar?
– Não lembra?
 – Claro, era você! Tava diferente.
– De shorts.
Ela tinha um escort vermelho. Ele disse:
– Precisa não. O hospital é aqui perto, vamos andando.
– De jeito nenhum. Não é uma cirurgia que você vai fazer?
– Microcirurgia.
– E você não pediu anestesia geral?
– Pedi, pedi...

– Entra aí, eu te levo. Na volta você não vai poder fazer esforço.

E lá se foram.

2

Na recepção, ele acompanha atentamente as instruções que recebe de uma enfermeira. A seguir, ela também recebe instruções e sobe com ele para o quarto. No elevador, pergunta:

– É cirurgia de quê?

– Microcirurgia.

– De quê?

– Coisa à toa, nada demais.

Minutos depois de se instalarem, entra uma enfermeira com um barbeador descartável e ordena:

– Abaixe as calças, senhor.

Surpresa e sem jeito, a acompanhante pede licença e vai ao banheiro.

A enfermeira raspa os pentelhos sem espuma, como se tirasse os pelos de um boi.

– Ei! Dá pra pôr uma espuminha aí?

– Quê?

– Espuma!

A enfermeira termina seu trabalho e sai.

Ele diz:

– Tudo bem, pode sair!

Ela abre a porta devagar.

– Tá tudo bem?

– Acho que sim.

A seguir, entra o anestesista, que – talvez por fazer rápido o que faz e ganhar um dinheirão – estampa na face um largo sorriso. Ele começa no tom típico dos anestesistas que, sabe Deus por quê, adoram fazer piadinhas:

– Tranquilo?

– Nervoso.
– Ah, mas passa. Vou pôr uma vodkinha aqui...
– Vodkinha?
– É, uma especial.
– Diz uma coisa... Uma coisa que sempre me intrigou. Por que os anestesistas adoram falar com os pacientes como se fossem idiotas?
– Por que em geral, meu caro, eles são uns...
Ele apaga. Teto preto.

3

Ao acordar, completamente grogue pelo efeito da anestesia, vê o urologista com seu pênis na mão, enquanto explica à sua acompanhante como fazer o curativo. Estarrecido, mas impossibilitado de reagir, ele troca olhares constrangedores com ela. Ao mesmo tempo, percebe que ela está gostando da brincadeira. Gostando muito.

Quando o médico sai do quarto, eles já são íntimos. Para quebrar o gelo, ela observa:

– O médico disse que você tem que ficar um mês em total abstinência sexual, incluindo a masturbação. Por causa dos pontos.
– Ah, que legal.
– E que alguém deve fazer seus curativos. Não é adequado fazer sozinho.
– Ok, obrigado.
– Você não parece muito animado. A cirurgia foi um sucesso.
– Que bom.
– Algum problema?
– Claro que não. Você me fez um favor de irmã.
– Não sou sua irmã.
– ...
– Ficou constrangido com o negócio do médico achar que sou sua...?

– Você disse que era?
– Não. Ele nem perguntou, já foi me dando instruções! Também levei um susto. Mas depois achei divertido.
– É, eu vi.
– Tá tudo bem?
– Pode me ajudar? Preciso ir ao banheiro.
– O enfermeiro avisou que você não pode levantar nos próximos 40 minutos. É perigoso, por causa da anestesia.
– E eu mijo onde? Na fralda?
Ela chama o enfermeiro. Entra um sujeito enorme, com cara de poucos amigos:
– Que que é?
– Preciso mijar.
– Não dá.
– Eu tou apertado.
O enfermeiro dá as costas e sai.

4

Os dois saem do hospital de mãos dadas. Depois de tudo, não há nada a fazer senão namorar a moça que vai fazer os curativos.
No carro, ela diz:
– O médico alertou que você não pode ter nem ereções. Estica a pele e pode romper os pontos. Dói muito, ele disse.
– Ah, que adorável.
Durante quase um mês sem sequer poder beijar sua namorada e tendo que vê-la, diariamente, trocando os curativos com carinho e devoção, nosso paciente aprende a ser paciente.
Um mês depois: pênis novo, namorada nova, nenhum beijo, nada.
Com uma pinça, ela tira o último ponto.
Ele a olha, ainda agachada:
– Tudo certo aí?
Ela não responde. Sua boca já está ocupada.

Madona

"Os homens são uns bobos, as mulheres, umas chatas."
Estávamos numa festinha de improviso, num domingo à noite. A frase foi disparada por uma das raras figuras interessantes da roda, para quem toda a agitação das festas resume-se a um blefe imperdoável.
"A ideia é essa", ponderei. "Não há melhor lugar para forjar nossas aparências."
Assentiu com a cabeça, embora ainda não convencida por meu argumento.

De minha parte, confesso que me aproximei dela pela razão de sempre: insegurança aliada a uma curiosa atração, dessas que nos assaltam sem suscitar maiores preocupações e cujas causas não nos interessamos em sondar de imediato.

Pequena, lindamente roliça, adorável, muito branca, longos cabelos negros, olhos meio mestiços, atitude de quem sabe o que quer. Falava com notável fluência e quase não olhava para os lados. Ainda assim, mostrou-se, não poucas vezes, incomodada com o movimento de umas meninas que não paravam de se beijar e se roçar. Achava aquilo curioso. Fiz uma graça:

– Elas não sabem amar.
– Você sabe?
– Não. Me ensina.
– Pra quê?
– Pra quê?
– É, pra quê?

– Porque não há nada melhor a fazer aqui.
Levantou-se e foi apanhar uma bebida.
Não desisti. Estava bebendo só água com gás, por alguma restrição médica. Assim, achava-me a salvo das patacoadas habituais de um bêbado. Essa frágil constatação me encheu de confiança.
Ela voltou, mas fez questão de não se sentar novamente ao meu lado. Ficou por ali, rodeando a área sem me olhar. Chamei-a com um sinal. Veio e se sentou à minha frente. Retomei a conversa:
– Vai me dispensar?
– Vou.
– Por quê?
– Não sei.
Falou-me de sua vida com crescente entusiasmo, desfilando considerações sobre seus anseios profissionais. Seus joelhos – lindos e gordos – apontavam para mim. E, súbito, me dei conta: estava perdidamente apaixonado.
– Apaixonado? Você está triste e sozinho, só isso.
– Não é o bastante?
– Não.
Depois disse:
– Você é um menino perdido esperando um vento levantar a saia da grande mulher que há de te cuidar. Menino sem saída, sem porto, sem paciência. Um menino no rosto de quem temos vontade de segurar, talvez para dizer que ele não passa de um menino. Menino curioso, ansioso...
E foi falando. Eu já não a ouvia, pois me deleitava em seus contornos. A pele dela, a textura, o brilho da pele, o tecido da roupa sobre a pele, o cheiro dos cabelos, o corpo de madona renascentista...

Pedi um beijo, não deu. Perguntei onde morava, disse que longe. Ofereci carona, declinou.
Ela não me quis. Rejeitou-me com delicada elegância e se re-

tirou na hora certa. Permaneci sentado, sóbrio, derrotado, inviável, enfiado em meu orgulho bobo, suspenso, sem rumo, cozido de tédio e tristeza.

Deixo aqui registrado o que teria dito a ela, ainda que não fizesse a mais vaga diferença: "Não me queiras o quanto quiserdes e saibas que o que perdeste não foi grande coisa. Não valho o quanto peso, não saio deste corpo. Queria apenas provar seu gosto, talvez para estar certo do quão doce deve ser. Você é bela assim, sem o sim com o qual sonhei. Você, madona, plena de nãos e desvãos desconhecidos. Você, branca, autônoma, desbeijada, longe de casa e insondável. A você dedico essas mal traçadas linhas, com as quais me consolo na solidão desses campos vazios."

Dois Mil+10

*Às vítimas dos desmoronamentos causados pela chuva
na virada para 2010, na região de Paraty, RJ*

Que o melhor era ficar por ali mesmo que chovia sem parar. Virada de ano.

Ele

Vamos ficar por aqui só nós dois e essa piscina velha e os donos da pousada cansados de fazer escoar a água que não para de descer, só nós dois mais esses dois cachorros e o vinho frisante moscatel e a tv ligada, vamos ficar por aqui enquanto o mundo solta foguetes, meio sem razão, com razões demais, com rezas rasas, e nós aqui, só nós e o barulho intermitente da água da calha e essa cachaça que já nos fatigou e os maços de cigarro e essa chuva, sempre chove

Ela

Gosto assim mesmo, só com essa chuva e você e a chuva, assim pra mim tá de bom tamanho, pra que mais?, e também não ia querer soltar foguetes e dar gritos e contagem regressiva, você detesta isso essas superstições e a champanhe quente e palmas pra Iemanjá sete ondinhas e tudo debaixo de chuva e lama e a areia da praia entranhada nas dobras do corpo e a vontade de voltar logo pra casa, livrar-se da multidão e da areia, fazer amor ao som dos rojões a tv desligada o som baixinho conversa baixinha ano novo baixinho, sem histeria ou desejos, só o que está ali, possível, e se for o caso nem fazer amor, só dormir juntinhos ninados pela chuva que não para, sempre chove essa chuva, tentamos presentear São Pedro com umas cachaças, ele ficou feliz e parou um pouco o aguaceiro, aí nos animamos tomamos mais umas e demos mais ao santo em agradecimento, ele ficou bêbado e esqueceu a torneira aberta, chove demais, mas nunca é o bastante para lavar nossos pecados são tantos

Ele/Ela

Amo você mesmo assim, ainda que fales assim, e ela mas não entendes que és o meu amor e que vou chorar essa chuva toda se me deixares?, e ele você ainda não entendeu, quero só nos libertar de nós, preciso viver um grande amor, também precisas viver um grande amor, e ela você é meu grande amor e é você que parece ainda não ter entendido

Ele

Mas escuta meu amor você meu amor sempre vai ser meu amor só que o mundo lá fora gira solta foguetes e nós aqui falando coisas quando devíamos calar, virar o ano em silêncio, só o brinde beijos e algumas lágrimas, o mundo tem mesmo que chorar essa chuva toda e temos que aprender a ser menos, dar menos importância aos nossos assuntos e não achar que o mundo gira em volta deles e entender que as coisas vão acontecer apesar das metas que gostamos de listar todo ano que começa, sem entender que o que precisamos é só de um pouco de calma, não desse esporro de água dessa enchente toda

Visita

A Marlucy Lukianocenko

Meu vizinho – garoto grande que me visitou há algum tempo – voltou.

Na primeira vez bateu à minha porta para perguntar: "Como faço pra conhecer o passado de outras vidas e acabar com a violência?" Na ocasião, dispensei-o sem cerimônias.

Hoje de manhã bateu à minha porta novamente.
– Preciso falar com você.
– Sobre?
– Precisamos acabar com a violência.
– Entra, eu disse.
Entrou, sentou-se e me encarou em silêncio.
– Café?
– Não.
– Água, suco?
– E a violência?
– Hum.
– O que vamos fazer?
– O que você tem em mente?
– Não sei. Preciso da sua ajuda, ele disse.
– Como posso ajudar?
– Não sei.
– Você é violento?
– Sou doce e pacífico.

– Hum, eu disse.
– Não pareço doce e pacífico?
– Sim, parece.
– E você? É violento?
– Às vezes. Mas não se preocupe, moro sozinho.
Ele acariciou meus gatos, que já o rodeavam no sofá.
– Você bate nos seus gatos?
– Não. Eles batem em mim.
– Você bate em quem?
– Em ninguém.
– Então você não é violento.
– Pra ser violento é preciso bater em alguém?
– É, ele disse.
– Tenho cara de quem bate nos outros?
– Tem.
– Hum.
– Vamos pensar num plano, ele disse.
– Ok, eu disse. Comece sendo gentil e educado.
– Eu sou gentil e educado. Mas as pessoas aqui são bem mal-
-educadas.
– São?
– Não são?
– Muitas são sim.
– Muitas e muitos, ele disse.
– É, eu disse.
– E agora?
– Agora o quê?
– O que vamos fazer?
– Vamos ser educados, eu disse.
– Um com o outro?
– Uns com os outros.
– Mas e se o cara botar uma arma na minha cara?
– Aí complica.

– E eu faço o quê?
– Como vou saber?
– Você tem que saber, ele disse.
– Pois é, não sei, eu disse.
– O que você faria?
– Não sei.
– Você disse que é violento às vezes.
– Força de expressão.
– Força de quê?
– Esquece, eu disse.
Fez-se um breve silêncio.
– Você é violento com quem?
– Comigo, eu disse.
– Com você?
– É.
– Como?
– Vamos mudar de assunto?, propus.
Fez-se outro breve silêncio e ele tascou:
– Como faço pra conhecer o passado de outras vidas?
– De outras vidas ou da sua vida?
– O passado de outras vidas que vivi.
– Hum.
– Hein?
– Pra que você precisa saber isso?, eu disse.
– Pra saber quem eu fui, ele disse.
– Não seria mais sensato saber quem você é?
– Quem eu sou?
– É.
– Quando?
– Nesta vida. Quem é você nesta vida.
– Mas isso é... Eu não sei!
– E quer conhecer o passado de outras vidas?
– Justamente. Pra saber quem eu sou nesta, apressou-se em dizer.

Esforcei-me para tentar fazê-lo entender meu argumento:
– Veja. O passado desta vida já é bem obscuro. A gente mal sabe o que viveu, o que nos aconteceu. É como um sonho. Lembramos de algumas coisas, ou do plano geral. Os detalhes se perdem. E os detalhes fazem toda diferença. Conhecer o passado desta vida já é um trabalho e tanto, se é que isso é possível. E se é que vai fazer alguma diferença pra você. Enfim... Esse troço é complicado. Mas você bateu na minha porta, então vou lhe dizer... Se isso é realmente importante pra você, concentre-se no passado desta vida, se puder.

Servi uma caneca de café e ofereci a ele.

– Não tomo isso, ele disse.

– Afora isso, eu... Não posso te ajudar.

Sua expressão arrefeceu. A luz de seu rosto diminuiu.

– A gente pode conversar horas aqui, mas receio que eu vá te confundir mais do que ajudar.

– E eu faço o quê?

– Viva sua vida da melhor maneira possível, eu disse.

– Mas isso eu já faço.

– Ótimo.

Levantou-se, apertou minha mão (forte o menino), abriu a porta e foi saindo. No meio do corredor, voltou-se e disse:

– Você é uma decepção.

– Eu sei, eu disse.

Pai

> *Il n'y a pas d'amour, il n'y a pas d'amour.*
>
> Bernard – Marie Koltès
> (Dans la solitude des champs de coton)

xões

Os contos desta seção versam sobre amor, sexo, paixão e beleza.

À "Correspondência Interrompida", obra inacabada, acresci uma nota, em que tento esclarecer meus intentos conceituais ao escrevê-la, sobretudo no que tange à exploração de diferentes perspectivas de linguagem na exposição dos discursos.

Anjo Azul

A Carolina Lopes

Encantamento instantâneo. Cantava sentada, pernas ligeiramente entreabertas, o olhar de soslaio meio lastimoso, a interpretação simples, plena de sentimento. Nunca tinha ouvido a canção, e o quadro todo, suavemente iluminado por um azul de sonho, não me deixava tirar os olhos dela.

Chovia a cântaros. Estava sozinho, bebendo um conhaque em minha habitual jornada solitária de quarta-feira após o expediente e jamais imaginava que daquele palco infame surgiria tão bela e comovente figura. O dono do bar, um gordo triste e suarento, cujo nome nunca me interessei em saber, já havia anunciado que teríamos uma grata surpresa naquela noite. Como, contudo, quase sempre as eventuais atrações daquele antro reduziam-se a lamentáveis enganos artísticos, limitei-me a não lhe dar confiança.

Era um dos únicos fregueses, afora alguns empresários ocupados com seus negócios e um casal que não conseguia parar de se beijar. Assim, não tendo para quem cantar, – embora até ali houvesse cantado apenas para si mesma – a criatura angelical banhada em azul passou a lançar olhares a princípio casuais em minha direção, que logo se tornaram acintosos. Fiquei tão desconcertado que mal consegui pedir outra dose. Acendi um cigarro e passei a encará-la de volta. Ela sorriu e, entre uma canção e outra, anunciou: "A próxima é dedicada ao meu único ouvinte". E cantou *Movimento dos Barcos**. Nunca morri de amores por esse

*Jards Macalé

samba triste, mas o modo como ela o cantou me embalou de tal maneira, que hoje o coloco no topo da lista de minhas dez-mais. A seguir, fez um intervalo, quando segredou ao microfone: "Não saiam daí. Volto já já." Achei graça no modo provocativo dela de anunciar seu entreato. Fiquei rezando pra ela descer do palco e vir direto falar comigo. Mas a beldade simplesmente sumiu nos bastidores.

O bar foi então violentado por uma dessas repulsivas seleções musicais. Não entendo como alguém pode ser capaz de ouvir aquilo, especialmente naquele volume.

Grito pro garçom:
– Pede pra abaixar esse lixo!
Ele, claro, não me ouve:
– Quê?!
– Abaixa essa merda!
– Ordens do patrão!
– O patrão sou eu! Freguês desta joça e o único com coragem de ficar aqui por mais de uma hora!
– Fala você com ele! O chefe não tá bom hoje não!
– É claro que ele não tá bom! Ele é um bosta!
– Diz isso pra ele!
– Você também é um bosta!
– E você também é um bosta!
– Aqui é tudo uma bosta! Essa música, eu, você, teu chefe!
– Que que há, rapaz? Não bebeu o bastante?
Levanto e esgoelo:
– ABAIXA ESTA MERDA!
O gordo grita, do outro lado do balcão:
– Ó a boca! Sem gritaria aqui! Sem palavrão!
Subo na cadeira:
– Sem gritaria, sem palavrão, mas toca esta merda num volume de merda...
"Que é pra ninguém ficar falando merda!", atalhou o garçom,

tentando me tirar de cima da cadeira. Acerto um direto de direita no nariz do desgraçado, ele cai em cima da mesa vizinha, estabaca-se no chão e não levanta. O gordo corre pra cima de mim, um javali. Não foi preciso mais do que sair da frente. O infeliz foi dar com os cornos na quina de um pilar. A cabeça era tão oca que o ruído da porrada ecoou mais alto do que a música.

Nessas alturas, os poucos fregueses já tinham corrido dali. Não sei de onde, surge ela, trajando capa de chuva transparente à la *Blade Runner*, e me arrasta para fora do bar.

A chuva tinha escasseado, mas os trovões ribombavam sem parar. Já na calçada, enquanto procurava na bolsa as chaves de seu carro, ela disse:

– Vem comigo. Essa espelunca não é pra você.

Entrei no carro todo molhado e suado. Permanecemos em silêncio um bom trecho. Sem me olhar, perguntou:

– Quer ouvir alguma coisa?

– Sua voz.

Ela sorri, apanha um disco no console e o põe pra rodar. Chet Baker, volume baixo. Respiro aliviado.

– Pra onde?, pergunto.

– Quero fazer com você um negócio que não faço há muito tempo.

Gelei na barriga. A mulher que cantara só para mim e me salvara de uma enrascada ainda queria...

– Não é o que você tá pensando.

– Não tou pensando em nada.

– Vamos rodar até acabar a gasolina. Vou te mostrar como fica essa cidade quando chove.

Nunca tinha me dado ao trabalho de reparar na magia da cidade em noite chuvosa. O asfalto brilha, enxurradas sussurram, as ruas se livram de tanta gente, luzes difusas, calmas, esquinas vazias.

Quando enfim acabou o combustível, ela estacionou em frente a um conjunto iluminado de condomínios recém-construídos e disse:

— Estamos perto de casa. Quer fazer a gentileza de me levar até lá?

Levo-a, sob a chuva fina, até seu endereço. Ao se voltar para mim, em frente a sua casa, rola um silêncio.

— Ótima a sua companhia. Obrigada.

E me dá as costas.

— Espera...

Ela se volta. Tento beijá-la. Ela vira o rosto delicadamente.

— E amanhã?, imploro.

— Viajo amanhã cedo. Volto daqui há três meses.

Tento me conter, mas desabo a chorar, um menino abandonado. Ela me acaricia os cabelos:

— Por que isso? Você nem me...

— Não importa. Vou te esperar.

Três meses depois, ela voltou a cantar no bar.

Embora ainda iluminada, parecia outra pessoa. Não cantou as canções que eu esperava, não me olhou uma só vez e fingiu não me conhecer.

Hoje, quando a chuva cai, saio a vagar sozinho pela cidade, pensando nela.

De Como Fui Sugado em Pleno Carnaval por uma Vampira que Quase me Matou

Segunda-feira de Carnaval. Estava sozinho e decidi sair por pura falta do que fazer. Como já não sou exatamente um rapaz, vesti o que julgava adequado para um baile privado num desses clubes famosos, engoli umas doses de vodka e caí fora. Mal sabia o que me esperava.

Ela chegou perto da meia-noite. Solitária, enfiou-se no meio da multidão. Não tirei os olhos dela, disposto a vigiá-la atentamente pelo salão. Pálida, trajava fantasia vamp e tinha, perto do pescoço e da boca, estranhas manchas escuras. Achei graça na fantasia, especialmente porque tudo, no caso dela, estava no tom certo, como se não tivesse outra escolha. Estranhei apenas o fato de estar sozinha, já que moças, em geral, não andam sem par em noites assim.

Aproximei-me e, trêmulo, puxei conversa:
– Ei...
– O quê?
– Você é?...
– O quê?
– O quê?
– Sou o quê?
– Isso é uma fantasia? ou você é uma?...
– O que você quiser.
– Eu... quero...
– Me foder?

– Ahn?
– Me foder gostoso?
– Não...
– Esperando o quê?
– Você... é uma?...
– Me chupa.
– Agora?
– Ou quer que eu te chupe?

Agachou-se, abriu minha braguilha, tirou meu pau pra fora e introduziu-o em sua boca, passando a sugá-lo lenta e delicadamente.

Fiquei sem saber o que fazer em meio àquela multidão, com uma garota da metade da minha idade me chupando, enquanto eu tentava fingir que as coisas são assim mesmo.

O tesão era tão grande que cheguei a me curvar.

– Espera. Vamos sair daqui.

Saímos do clube. No caminho, não pude deixar de notar que ela transpirava fartamente e me encarava com um olhar... Sua boca e seus dentes tinham uma insólita coloração. Sentia como se ela tivesse mordido meu pênis, que doía um pouco.

Ao alcançarmos a rua, ela propôs:
– Vamos ali. Vou te chupar no pescoço. Posso?
– Pode sim. Me arrebenta.
– Deixa comigo.

Ela tinha a força de dez homens. Empurrou-me contra o muro com destreza, cravou os caninos em minha jugular e sugou-me com a sede de uma criança.

Pouco antes de amanhecer, foi se retirando devagar. Com a força que me restava, balbuciei:
– Ei, tesuda... Não me abandone... O pescoço destroçado... O pau duro... O pensamento em você...
– Hoje à noite volto pra conferir o estrago.
– Vou te esperar.

E foi assim que conheci a vamp do carnaval, que até hoje povoa meus sonhos eróticos.

Eduarda

A uma desconhecida que vi somente uma vez

Tinha os olhos pardos, sempre atentos, as mãos finas, grandes, e uma ironia que fazia de seu humor a coisa mais rara. Chegou apressada, bolsa desarrumada, os cabelos em proposital desalinho, e trouxe consigo um aroma de flores.

Seu nome, Eduarda, me encantou na hora. O perigo estava no tipo de beleza que ostentava, não sem certa intranquilidade. Não há saída: tanto a própria beleza quanto a alheia acabam por nos devastar.

Olhou-me como se este pacato narrador fosse um objeto singular na prateleira de um museu. Inquieta, quis logo saber qual seria a programação. Objetei que precisaríamos conversar antes de definir nosso trajeto, já que isso, em geral, decorria de um acordo prévio entre os turistas.

Notei, de imediato, que, apesar de polida, era de têmpera indomável, típica dos que não toleram perder tempo. Seu jeito de falar atestava essa impressão: suave, porém rápido e articulado.

Animados, os turistas decidiram fazer o trajeto pela estrada, mais longo, porém mais aprazível. Subiríamos de jeep, pois o tempo estava a nosso favor, e faríamos as paradas nos pontos habituais.

Eduarda logo percebeu que eu não conseguia despregar os olhos dela. Mesmo ao explicar as peculiaridades de algum ponto turístico, em nosso trajeto, minha atenção era tragada por aqueles olhos...

Na primeira parada, todos dispersaram-se pelas frondosas matas da floresta, em busca de algum tipo de aventura, enquanto permaneci a observar a panorâmica da cidade, menos para admirá-la do que para não precisar encarar Eduarda. Ela ficou ali, fuçando em sua bolsa, como se quisesse testar minha resistência. Pensei: "Céus, ela é mais bonita que o Rio de Janeiro", e rezei para que não me dirigisse a palavra.

Ela se aproximou devagar...

– Dizem que esta é a maior floresta urbana do mundo.

– Parece que sim.

– Faz tempo que faz isso?

– O quê?

– Guia turístico.

– Ah, sim, bastante tempo.

Silêncio. Ela retoma:

– Impressão minha ou?...

– É, eu não conseguia parar de te olhar.

O vento na mata. Admirado com minha coragem, e sem encará-la, observo:

– Você deve estar cansada.

– De quê?

– De ser olhada.

– O que te faz achar isso?

– Sei lá. Chato que nos olhem muito.

– Não quando gostamos.

Os pássaros. A vida é bela. Ela diz:

– Também gosto de te olhar. Pra mim é mais fácil. Não preciso disfarçar.

Ela ri. Um frêmito percorre meu corpo, pelas costas. Respiro e disparo:

– Se dissesse que sinto amor por você, você me acharia louco?

– ...

Gritos ao longe.

Seus cabelos, o vento, o perfume... Ela segue quieta, – a quietude dos deuses em repouso – enquanto dá a entender, com seu olhar, a dimensão da dor que a consome. Imagino o quanto, da perspectiva dela, toda tentativa de aproximação deva parecer suspeita. Qualquer um será obrigado a admitir que foi atraído por sua beleza. Não que isto seja pouco, mas é fato que, intimamente, tememos tornarmo-nos reféns de nossa aparência. Sobretudo quando a mesma, de tão veemente, encobre qualquer outro atributo.

Quis revelar a ela minha reflexão, mas ao notar que talvez pudesse ter a intenção de consolá-la, atalhou:

– Me beija.

Beijo-a. Tem o hálito que as ninfas teriam, se existissem. Beija com apaixonada cautela, sem nenhum outro desejo senão o de doar-se. Arrisco-me a abrir os olhos: vejo os dela, abertos, abissais, molhados... e tristes.

– Que foi?

– Quero amar alguém. E que esse alguém me ame menos, para que eu possa amá-lo.

– Eu seria capaz disso.

– Não, não seria.

Ela se afasta e desce lentamente pela estrada, até desaparecer numa curva.

Nunca mais a vi. Mas estou certo de que jamais encontrará quem possa amá-la. Como amar menos a própria *beleza*?

Como um Escravo

Isto me aconteceu numa dessas festas em que insistimos, com algum esforço, em parecer interessantes, diligentes e atenciosos, mas sem qualquer disposição íntima para tanto.

Fui um dos primeiros a chegar. Como de costume, enchi um copo de uísque com gelo, sentei-me numa poltrona confortável e afastada... e respirei aliviado.

Após o primeiro gole, a porta se abriu e o que era um agradável ambiente, iluminado com justeza e embalado pelos acordes de um agradável piano, converteu-se numa intolerável algazarra, cheia de gritinhos injustificáveis, risadas desproporcionais, músicas insuportáveis e luzes piscantes.

Assombroso como uma atmosfera aprazível pode se tornar hostil, assim, de um minuto a outro, sem aviso prévio. Isso sempre me intrigou.

Frente a fenômenos assim, agrada-me notar que já não estou mais na idade em que as mulheres fazem de tudo para se aproximar, cheias de escusas e estratagemas baratos, loucas para serem seduzidas, rebolando fartos quadris na exata medida de nossa sórdida avaliação, molhadas pela maré alta de suas imaginações pungentes, fixadas na absurda certeza de que o mundo gira, em toda sua diversidade e imprevisibilidade, em torno de seus piercings.

Apesar disso, lá pelas tantas, uma moça arriscou-se a dirigir-me a palavra.

Reproduzo aqui, com limitada memória, nossa conversa, encetada por ela em tom sutilmente presunçoso:

— E você, é quem?
— Quem você quiser.
— Tenho a imaginação descontrolada.
— Melhor. Sou inteiramente desinteressante.
— Você é daqueles que fingem não se importar com nada?
— Talvez. E neste caso sou um desastre para mulheres como você.
— Você me parece inofensivo.
— Experimenta.
— Vale a pena?
— O risco é inevitável.
— Proponho um jogo.
— O jogo não é meu forte, meu amor.
— Azar no jogo, sorte no amor, meu amor.
— E que tal azar no jogo, azar no amor, meu amor?
— Quer jogar ou não?
— Pode ser.
— O preço é alto.
— Eu dou meu jeito.
— Dá?
— Sempre dou.
— E jura que não vai se desesperar?
— Já estou desesperado.
— Está vendo aquele cara esquálido, óculos de aro grosso, do outro lado da sala?
— Acho que sim.
— Chame-o aqui.
— Pra quê?
— Chame.
— É uma ordem?
— Você quer jogar?
— Apesar disso, se você pedir pra eu ficar de quatro, terei de pensar no assunto.

– Peço apenas que chame o cara.
– O nome dele.
– Não interessa. Chame-o com um sinal.
– Chame você.
– Ah, o gênero difícil...
– Isso é só um jogo. Não precisamos abrir mão da delicadeza.
– Ok. Por gentileza, senhor, pode fazer um sinal àquele cara do outro lado da sala?

Chamei-o com um tímido aceno.

No momento em que o rapaz começou a caminhar, a passos lentos, em nossa direção, assaltou-me o súbito desejo de me afundar ali mesmo e desaparecer. Passei a sentir calafrios, dos que prenunciam coisas ruins.

Assim que se acercou de nós, ela o arrastou para um canto e passou a dar-lhe o que parecia uma série muito precisa de instruções. O rapaz ria, ela o censurava; ela ria, o rapaz a censurava... Tive ganas de correr pro banheiro, me trancar e sair só no fim da festa. Ou de simular um mal-estar repentino, qualquer coisa que me afastasse dali. Mas, estranhamente, permaneci sentado, apalermado, afundado na poltrona, pendurado em meu uísque.

Abro aqui um inconveniente parêntese, pois preciso refletir.

Hei de conseguir justificar nossa malsã curiosidade em relação a tudo. Por que, afinal, somos tão atraídos pela letal mistura de beleza e ousadia, com doses de perigo? Julgava, do alto de meus 64, que coisas desse gênero já não me afetavam. Ledo engano: passaram a não me afetar porque, ao contrário do que sempre supus, as "coisas desse gênero" é que me deixaram de lado. O que ocorreu, porém, nessa festa, nessa noite que há de ficar marcada de modo indelével em meu mais profundo e temeroso coração, é que, por uma fatuidade atroz do destino, alguém elegeu-me justamente para provar – com a intrigante perversidade dos que agem apenas por frivolidade – que são as coisas que nos descartam, nunca o contrário. Por uma simples razão: na medida em que morremos, por que haveria a vida de manter seu interesse por nós? Tudo que é vivo, que vibra, se expande e se contrai, que se contradiz, que faz mal ao fazer bem, bem ao fazer mal, toda essa fascinante complexidade que, na falta de melhor nome, chamamos de vida, tudo isso vai aos poucos nos deixando na exata medida em que morremos.

Fecho o parêntese.

Passo agora a narrar no presente.

Os dois se aproximam. A partir de então, minha já débil memória sofre um repentino e inexplicável colapso.

Acordo num quarto escuro, rodeado de incríveis gemidos. São humanos, não resta dúvida, e expressam um prazer que desconheço. Tento tatear; nada encontro senão corpos em franca contorção, cabelos sedosos, músculos definidos, suores oleosos e mãos receptivas ao meu toque. Em meio a este frenesi de corpos e vozes indistintas, ouço a que me soa familiar, em tom desafiador: "Perdeu o jogo, meu amor. Admita." Voz de mulher... Já a ouvi antes?

Arrasto-me pelo chão, em busca de algum tipo de fresta de luz que possa me revelar o que se passa. Nada. Só colchões, lençóis, sedas, corpos, cabelos, suores e gemidos. E um cheiro...

Balbucio: "Onde estou? O que é isso?" Outra voz, desta vez masculina: "Não há saída. O jeito é render-se incondicionalmente."

Mãos me agarram, bocas me beijam, corpos me sufocam.

Acordo.

Minha cabeça vai explodir. Um gosto amargo na boca. Minhas juntas doloridas me fazem perceber que estive em frenética atividade há bem pouco tempo. Capengo até a janela, abro-a. Um enorme e suntuoso jardim espraia-se diante de meus olhos. De súbito, atrás de mim alguém abre a porta. Cubro-me com o lençol. Não me vejo em nenhum reflexo, mas me sinto um ver-me precário e indefeso. Ainda confuso, disparo: "O que aconteceu? Quem é você? O que faço aqui?" Ela não responde; apenas me encara serenamente. Gaguejo: "Estou cansado, mas tão...tão bem."

E ela diz, escandindo cada palavra:

– Você me ama.
– Amo.
– Vou te abandonar.
– Sim.
– Vou te deixar sozinho com sua dor.
– Sim.
– Vais continuar me amando.
– Eu te amo. Eu te amo.
– Mais e mais.
– Sempre mais.
– E vai entender que a beleza não pode ser ignorada.
– Sim.
– E que você não escolhe. É escolhido e descartado.
– Sim.
– Como um escravo.
– Como um escravo.

Um Crime

Sobre o que não podemos. Sobre o que não tem solução, para o que não há remédio.

Sobre impossíveis. Labirintos. Humanos.

Pensamentos breves, curtas sentenças. Só o que precisa, nada além. Calar mais que falar.

Persona central, eixo pronominal: primeira pessoa do singular, mas mínima a singularidade.

Como um deus, não se envolver.

Frio, sem gelar.

Humor de geladeira.

Ando apressado. Vento congelante. Preciso chegar o quanto antes; antes que desista; ainda que todas as ilusões desmoronem. Isso o que está acontecendo. Perdendo-as, uma a uma. No final, restará o real.

preparar para o impacto

Três dois um. Estou aqui. Portão fechado. Abro. O cachorro não late nem cheira. Escuro, nenhuma janela acesa. Entro.

Voltemos um pouco, alguns meses.

Contar é recordar um sonho. Detalhes pouco nítidos e plano geral cheio de buracos.

Jeito não há senão seguir.

Não desistir, eis aí. Qualquer cachorro de rua sabe. Mas nós, raça de covardes, qualquer foguinho nos apavora.

Luana.

Apaixonei-me assim que a vi, que a ouvi. Como a conheci?

Apareceu-me em noite de lua cheia no meio duma festa. São João, acho.
– Você é aquele cara?
– Não, você me confundiu com...
– Não, é você mesmo.
– Quem?
– Você sabe.
– ?
– Não se faça de bobo.
– Eu sou bobo.
– Aquele concurso de dança na tv.
– Ah. Muita gente me confunde com...
– Ele é o máximo.
– Eu sou o mínimo.
– Você é lindo.
– Bondade sua.
– Você é lindo.
– Vou acreditar.
– Sozinho?
– Não mais.
– Desesperado?
– Sempre.
– Te desespero?
– Um pouco.
– Por quê?
– Você é grande.
– Você é engraçado.

Algo assim.

Narrador inominado sem importância. Paradoxo. Como tornar insignificante o que perspectiva a coisa? Fácil. Basta fazer com que tudo ao redor dele seja mais interessante que ele.

Musa Luana. Fina alongada esbelta branca. Diz ter 18, mas

nunca se sabe. Perigo. Problemas com a lei, com os pais amigos inimigos. Fofocas. Isso pode levá-lo em cana. Atenção, não dê tanta atenção. Finja ter idade para ser pai dela, o que é verdade. Finja o mais tranquilo desinteresse.
   finja ninja
   finja e fuja
– Você me lembra um tio meu.
– ...
– Ele era legal.
– Era?
– Era. Louco por mim.
– Louco como?
– Louco pra...
– ...
– É. Isso aí.
– Sei.
– É.
– Por isso ele era legal?
– Não entendi.
– Esquece.
– Não era só por isso.
– Hum.
– Mas tinha isso também.
– Hum hum.
– E você?
– ...
– Fala um pouco de você.
– Chega de falar de mim. Vamos falar de você.
– ...
– Não quer?
– ...
– Sobre o que então?
– ...

– Tou te chateando?
– ...

Ei-la. Fala de tudo, de todos, menos dela.
Após largo silêncio, retoma.
– Sabe o melhor?
– ...
– Você não foi embora.
– ...
– A gente ficou quieto um tempão e você não foi embora.
– Você também não.
– Não é lindo?
– O quê?
– Sabe o que quer dizer?
– ...
– Que não é só você o lindo.
– ...
– Sabe o que mais?
– Hum.
– Nosso encontro.
– ...
– Lindo nosso encontro.

Sim, conceber histórias com palavras escritas, natural insanidade. Não pouco insana por ser natural. Não tão natural por não ter sentido. As coisas vão acontecendo, linha a linha, como na vida. O futuro disso, impensável. Ninguém sabe nada. Ninguém prevê nada. Nada garante nada. A ninguém. O acaso um deus. O imprevisível, o diabo.

Ela na área. Não me levanto da cama sem. Sem sua presença física, sem seu cheiro impregnado em minhas pregas, sem seu doce suor em minhas narinas, sem seus sopros em minha orelha. Narinas e orelhas de um cara como eu têm pelos. Cada vez mais. Não pretendo entrar neste item, pelos inconvenientes. Porre absoluto. Sou mais Absolut. Aprendemos a apreciar o álcool na medida em que envelhecemos. Vantagens da terceira quarta quinta, são tantas idades, onde vamos parar?

– Agora que sou sua garota, o que pretende fazer?
– Não sei se entendi sua pergunta.
– Sou uma virgem. O que vai fazer?
– Talvez olhá-la.
– Me olhar?
– Sim, é, não sei, quem sabe. Pode ser.
– Como?
– ...
– Como vai me olhar?
– Com os olhos.
– Quero perder com você.
– ?
– Você me ouviu? Perder com você.
– Dá trabalho. Dói. Sangra.
– E depois de dar trabalho doer e sangrar? Acontece o quê?
– Aí é uma coisa...
– Tenta.
– Você não vai querer parar.
– É?
– ...
– Isso é bom ou é ruim?
– Bom pra você.
– Serei boazinha com você, meu velho.
– Mentira. Serás cruel, não terei sossego.
– Qual o receio? Não dar conta?
– É, dá trabalho.
– Eu ajudo. Falo com ele. Eu trabalho. Tempo integral.

Difícil entender se não vir a garota. Contudo, se a visse, se a avistasse por alguns segundos, ainda que do outro lado da rua, serias meu companheiro no fundo deste poço. Te poria dentro de minha pele por detrás dos meus olhos no fundo deste coração. E ela seria seu pavor. A presença dela o faria tremer, a faria temer. Fora temer, restaria rezar. Noves fora rezar, amar.

Ela desliza pela sala, à cata de um lápis. Quer registrar no papel meus traços. Digo:
— Venha pra cá, deixe de onda.

Ela se arreganha no tapete sujo de pratos e gatos e se atira sobre uma folha de A3, lápis em punho, os olhos fixos em mim. Ela e os gatos me dissecam, belas íris. Ao primeiro traço, noto que não soube captar a linha pífia de meu perfil. Poucos são capazes. É o justo castigo aos que insistem em registrar o indigno.

Ela sim digna do nanquim de um mestre.

Minha fuça? Não vale o esforço.

Sou americano. Um do sul. Da América do Sul. Um sul-americano. Latino-americano com algum dinheiro no bolso. Um homem, não mais rapaz. Com parentes importantes (o meu pai era dentista, meu avô era paulista) e vindo do mais remoto e ilustre desconhecido interior. Gália. Rainha da seda. Bicho da seda só come folha de amora. O casulo é branquin, pequeno. Você puxa o fiozin e vai puxando. Seda pura, ouro dos tecidos.

A pele dela. A seda mais pura não chega perto. Tudo é meio difícil de dizer, sobretudo esse negócio de pele. A gente fica devendo a ela quando tenta reduzi-la a um léxico. Uma fortuna. Prudente endividar-se menos.

Apago o cigarro e digo:
— Vem cá preu te agradar, vem.

Ela se aconchega tímida entre meus braços. Fingida, faz gênero. Adora.

— Abra as pernas.

Ela abre. Recato sincero.

— Agora beije minha boca o mais delicadamente que puder.

Ela beija.

o céu comparece
anjos comparecem
o resto desaparece

Dante
Num dos círculos do inferno os amantes podem ser vistos executando estranhas tarefas. No entanto, seguem juntos. Se fosse infernal o inferno, seriam separados. O poeta soube reconhecer as vicissitudes dos amantes, mas não a ponto de separá–los: esta sim a terrível condenação. Eterno apaixonado, sua Beatriz a terna impossibilidade. Dizem que se arrastou pelo purgatório e inferno para reencontrá-la no paraíso. Mas nem mesmo em seu inferno foi capaz de condenar os amantes. O inferno perdoa os amantes.

Seu orgasmo é demorado. Não tira os olhos dos meus. Depois diz:
– Você não gozou.
– ...
– Goza pra mim.
– Só depois de te ver gozar de novo.
Ela me monta e se esfrega no meu flácido. Olho para ela e sopro "preciso estar ereto, coração." A beldade sai de cima e, ato contínuo, passa a beijar meu pênis. Chupar meu pau. Engolir meu sexo. Lamber meu membro.
pênis pau sexo membro
beijar chupar engolir lamber
– Para. Quero dentro de você.
– Na minha boca. Por favor.
Gozo. Fica parada, não move um músculo. Depois engole tudo, como se mel. E sorri e me olha com o olharzin tipo foda-me mais.
– Assim que puder, flor do campo. Assim que puder.
Alguém um dia disse: "Bendito seja Deus que dá uma ereção a cada meia hora."*

*Millôr Fernandes

A lua seria, se sorrisse, parecida com você. Coisa roubada de Sylvia:
*If the moon smiled, she would resemble you**.
Não importa, somos todos ladrões. De versos, de fogo, de vida, de morte.
O roubo, nosso mais digno ato.

Restaurante.
O apetite dela é algo...
Vê-la se alimentar é algo...
E, de repente, em meio à fome mais canina, sofro uma ereção involuntária. Das de não poder se levantar. Ela diz, apontando para baixo:
– Animado ele.
– Como sabe?
– Eu sinto.
– Ah para.
– Sério.
– Como?
– Um scanner me avisa.
– Vadia scanner?
– Pode ser.
– Amo você.
– Mentira.
– Mato por você.
– Mentira.
– Morro por você.
– Tudo mentira.
– Tudo é mentira?
– Nem tudo.
– Me conte o que não seja.
– Você se pudesse me chuparia em cima dessa mesa na frente de todos e lamberia os beiços e pediria a conta e receberia aplausos. És um monstro. No fundo a única coisa que importa pra

*Sylvia Plath

você é me ver tirar a calcinha, me ver de quatro...

Enfim. Exagerava às vezes.

De minha parte, sustentarei que neurose é isto: não poder apalpar uma bunda sem rodeios; são todas as curvas que fazemos para conseguir apalpar uma bunda sem admitir que no fundo tudo o que queremos é apalpar a bunda sem rodeios. Não que seja pouco apalpar uma, mas se o desejo fica assim reduzido a um fragmento cada vez menor e mais específico, talvez enfrentemos severos problemas. Não pague pra ver.

a banca quebra
a conta não fecha

– ...a engolir seu pau cansado.

Enfim. Era cruel, quando queria, a minidama.

Seus hormônios, quando espicaçavam, espirravam insultos pra todo lado. Mas eu gostava. A verdade [uma das poucas] é que ser ultrajado publicamente por ela correspondia ao prêmio máximo, vaidade seja dita.

De modo que, com o tempo, ficava procurando brechas para atiçar sua sanha e receber na cara toda a porra de sua raiva.

Estive entre orquídeas e bromélias. Ela não quis vir. O estranho olho animal de uma orquídea não se compara ao botão de sua rosa. Dou-me conta de que tudo anda arrastado, lento como se estivesse pra acabar. E estão todos, poucas exceções, assustados. A plena perplexidade do novo século. Não há o que fazer e todos parecem saber disso. Apesar, fingem calma. Bem fingem, pois, no fundo, andam convencidos por seus desesperos. Pergunto-me por onde anda o meu. Sim, por aqui, como sempre. Mas é pequeno o meu [desespero]. Reduzido a quase nada, emula a sombra de uma sombra.

Só desespera quem espera. Só desespera quem teme.

nada espero
nada temo

Dia de meditar na pista. Qual nada, a moça não suporta a quietude. Agita-se sem parar, entre suspiros. E ralha:
— Vai, abra os olhos, chega disso.
— ...
— Coisa sem graça ficar parado de olho fechado.
— ...
— Tanta coisa pra ver, pra fazer.
— ...
— Tanto tesão tanta alegria.
— ...
— Coisa de brocha.
— ...
— De velho.
— ...
— Se fingir de morto, coisa mórbida.
— ...
— Vamos subir nas árvores correr nas pedras tomar banho de mar.
— ...
— ...
— ...
— Vou embora, tchau.
— ...
Abro os olhos. Ela se foi. Fecho os olhos.

O universo, sintoma de quê? Meu filho observa que patologia vem de *pathos* e que *pathos* é paixão. Há quem creia em duendes. EU ACREDITO EM DOENTES [este sim, um justo adesivo para automóveis]. Doença, exacerbação da paixão.

Chego à casa. Ninguém. Por vezes se esconde, a brincar comigo. Saio a procurá-la. Ouço sua risadinha no desvão da escada. Ali a vejo, encolhida, nua, o olhar desejoso. O misto de ousadia e fragilidade a torna um anjo terrível. Digo:

– Nem vem. Estou cansado.

Pula no meu pescoço, brancas pernas de duras carnes me enlaçam com vigor.

– Agora não.
– Agora sim.
– Preciso de uma ducha.
– Sem ducha.
– Não estou confortável.
– Me dá dois minutos.
– Você é...
– Sou sua menina.
– Não quero menina.
– Sua fêmea sua vadia sua buceta.
– Chega, sai.

Repouso-a no sofá com delicadeza. Um nó aperta minha garganta.

– Vem, meu velho. Me chupa. Daquele jeito.

E abre as pernas, devagar. Me encara. Seus olhos umedecem. Digo:

– Por que faz isso?
– Porque te amo.
– Ama nada.

Levanta o quadril, a me oferecer o pequeno rosado botão perfumado. Cheira a flores frescas. Algo incontornável.

Não ajuda dizer que não tem saída. Tem de haver. Não de qualquer forma, de alguma forma. Nem que seja na porrada, morte sofrimento, nem que seja daqui há séculos. Já não estaremos aqui. Não importa. O mundo vai melhorar. Otimismo não. Tampouco fé cega. É o que é. O que vai ser. O que será, de um jeito ou de outro.

Depois do amor, me encara e chora. Abraço-a e choro também, sem que ela perceba. Um tempo depois, diz:

– O mundo não vai ser o que queremos só porque queremos. O mundo vai ser o que é se ousarmos ser com ele. Se ficarmos à espera, o mundo vai girar e nos arrastar juntos.

– Onde leu isso?

– Num de seus livros.

– Não escrevo livros.

– Descobri três na sua biblioteca.

– Quem mandou?

– Eu quis.

– Xereta, garota.

– Chato, meu velho.

– O que mais leu?

– Muitas coisas. Mas esse negócio de ser com o mundo eu não esqueci.

– Gosta de ler?

– Gosto de ler seus livros.

– Meus livros são idiotas.

– Você é idiota, não seus livros.

– Você ama um idiota.

– Quem disse que te amo, tio?

– Você.

– Menti, tio.

– Me beija.

– Não.

– Por que fica comigo?

– Passatempo.

– Você não era virgem.

– Era sim.

– Por que me escolheu?

– Você me escolheu.

– ...

– Quer apostar uma coisa?

– Hum.

– Vou te deixar uma semana sozinho.
– Hum hum.
– No oitavo dia vais rastejar aos meus pés.
– Aposta feita.
– Se eu ganhar?
– Serei seu.
– Se eu perder?
– Serás minha.
– O que seria eu perder?
– Eu te procurar 3 anos depois do dia em que me abandonar. Quando fores uma moça de 21, livre e independente.
– Quem disse que tenho 18?
– Você.
– Menti de novo, tio
– Posso ser preso.
– Por mim vale a pena.
– Não, não vale.
– Ninguém vai descobrir.
– Vai embora daqui.

Sim, deixamos acontecer. Fomos ingênuos cretinos passivos indolentes? Sim. Perdemos o bonde? Muitos. Deixamos de afirmar umas coisas? Muitas. Agora nos queixamos? Sim, muito. Adianta, se deixarmos como está? Não. Há solução? Há de haver. Apenas de nós, apesar de nós.

Disse: "Um velho fora do tempo."
"Me tendo, tens mais do que mereces."

Num labirinto, dizem, o cidadão se perde. Sim, é possível. E, pior, pode nunca mais se achar. Mas o que quase nunca dizem – direi eu, a ela e ao resto – é que podemos achar brechas, segurar o tranco. O problema: tudo é simples, sempre será. Quem suporta isso? Então inventam labirintos. Por certo a natureza também os cria. Mas num labirinto natural sinto-me bem, mesmo que nele morra. Já num humano...

Pavor de labirintos humanos.

Ela vai embora. Nunca mais me procure, disse.

Ando apressado. Vento congelante. Preciso chegar o quanto antes; antes que desista; ainda que todas as ilusões desmoronem. Isso o que está acontecendo. Perdendo-as, uma a uma. No final, restará o real.

preparar para o impacto

Três dois um. Estou aqui. Portão fechado. Abro. O cachorro não late nem cheira. Escuro, nenhuma janela acesa. Entro.

Mais uma.

A última.

Sempre a última.

Correspondência Interrompida

A Dinorá Novaes e Daniel Belquer

Oi Jorge, como vamos? Te encontrei aqui e estou surpresa. Já ouvi muito sobre você. Temos um amigo em comum, o João Loureiro, com quem trabalhei há alguns anos. Vocês trabalharam juntos, não? Ele me disse que sim. E que você é um gênio etc. Que mundo pequeno o virtual. O João disse que suas telas são obras-primas e que pouca gente se dá conta disso. Verdade? Gostaria muito de conhecê-las.

Você tem um ateliê? Pergunta boba, claro que sim! Um artista sem ateliê é como alguém sem carro no plano piloto. Ah, moro em Brasília. Quase não saio. Divido apartamento com minha mãe e o companheiro dela. Tenho uma cachorra linda, uma gata enjoada e um computador de segunda mão. Fora isso, sou secretária numa clínica de cirurgia plástica. Você conhece Brasília?

Beijo,
Joana

Olá, Joana
Quer dizer que és amiga do João. Bom saber. Ele é como um irmão. Vocês trabalharam juntos? Em quê? Artes?

Absurdo dizer que sou "gênio". Obstinado talvez. O João tem a mania de exagerar meu talento. Mas – como digo às vezes – cada qual tem o talento que procura. Mande um abraço pra ele.

Moras em Brasília então? Posso dizer que conheço bem sua cidade por causa de uns trabalhos que fiz com o João por aí, há uns 20 anos.

A propósito, quantos anos têm você?
Com carinho,
Jorge

Gostei de você. Não escreves como os panacas que insistem em abreviar tudo. Como não sabem escrever, inventam asneiras. E ainda alegam que é pra teclar mais rápido. Como se tivessem algo a dizer. Só falam lixo, só leem lixo, só ouvem lixo. Logo, só escrevem lixo. Por outro lado, antes encurtar o lixo do que o contrário, não? Desculpe, meio revoltada hoje. Minha cadela, Bloom, está com sarna. Já a levei a vários veterinários, mas só sabem dizer que é um problema congênito e aparentemente sem cura.
Chega de reclamar, esgotei minha cota.
Quer dizer que conheces bem Brasília? Então também deves saber que esta cidade é meio sufocante. Isso apesar de ter sido construída em pleno planalto central, só o horizonte em volta. Estranho, não?
Tenho 32, e você?
Beijo,
Joana

Cara Joana
32? Engraçado. Jurava menos. Algo em sua alma vibra como 22. De toda maneira, bom saber que estás dez anos acima do meu palpite. Nada como dez anos a mais!
Um escritor – não me lembro o nome – fez uma linda apologia da beleza feminina aos 80. Uma pena não ter como transcrevê-la aqui. Ainda assim, tentarei reproduzir – com palavras de amador e memória ruim – o que li:
"A mulher aos 80. Nada como o andar dela, lento como a madrugada. Seus olhos sem óculos na claridade fulgida da manhã, tão claros, vívidos, vividos e cansados, são como jabuticabas ao

sol. Quando sorri, uma orquestra de rugas pede passagem, raras sinfonias. Se reclama, não se aborrece: sabe que isso apenas diminuiria o tempo que ainda lhe resta. Se ama, ama com calma e infinita paciência. Se não quer mais amar, vira-se para o lado e silencia. Quando fala, é devagar, um pensamento por vez. Se programa algo, sempre cumpre, pois sabe que a ela não é mais dado o prazer dos adiamentos. Quando entristece, simplesmente emudece. Se emudece, ama. Se ama, canta. Quando canta, me adormece. Dê-me, assim, três pés de galinha convictos, infinitas varizes roxas azuis, seios flácidos e uma estradas de estrias, e eu lhe darei todo o meu amor."

Não é encantador?

Beijo,

Jorge

PS: Estimo melhoras a Bloom.

Adorei a apologia da mulher aos 80. Um charme. Você a reinventou? Ficou ótima!

O tempo é realmente um enganador. Promete-nos calma e sabedoria em troca de nosso viço, de nosso futuro, de nossa beleza, força, desejo... Vale a pena? Só mesmo um poeta para reinventar as vantagens da velhice. Afora isso, envelhecer deve ser bem amargo.

Perdoe o silêncio prolongado. Ando estudando prum concurso público.

A Bloom manda lembranças. Tive que submetê-la a um tratamento com cortisona pra resolver o problema da sarna.

Para ser franca, ando meio triste. Muito sem norte, desestimulada, sem amigos. É assim pra todo mundo? Não canso de me perguntar. E se for, minha situação melhora? Não creio.

A sensação de que a vida é um buraco vazio – tão vazio quanto cada um de nós – vem de onde, afinal? O que nos leva a sentir algo tão brutal? E por que nessas horas nos sentimos tão...?

Perdoe o chororô. Ando apertada por uma tristeza crônica, impossibilitada de esconder o que quer que seja de quem quer que seja. Não me leve a mal. Não me estranhe. Esta sou eu sem a vasta máscara dos contatos virtuais.

Sempre me impressionou o quanto somos capazes de dissimular e de nos esconder nas palavras. O fato de podermos planejar cada sentença, cada parágrafo e a disposição sintática do arranjo... De uma fúria dissimuladora desconcertante escrever, não? Por isso é necessário ler entre as linhas. Aí se esconde o coração do autor.

Grata pela atenção,

Joana

PS: A propósito, qual sua idade?

Querida Joana

Susto bom. Foste capaz de se desmascarar com elegância. Ou tudo não passou de outra máscara?

Dizem que mesmo quando sofremos – e sobretudo ao sofrermos – sempre elegemos uma persona. Se isso é verdade, confesso estar não somente admirado como encantado. Bela persona a sua!

Devo adiantar, contudo, debaixo dos meus 62, que isso tudo é assim mesmo e sempre será. E não há o que possamos fazer para que assim não seja. O jeito é habituar-se à chibata grossa da vida e tentar roubar daí algo produtivo e edificante. Senão, resta-nos o quê? Espernear? Amaldiçoar? Nada fazer? É um caminho, mas escuro e infeliz. E não me pareces disposta a aceitar a infelicidade como uma fatalidade. Muito ao contrário, fico com a ligeira impressão de que sabes bem como fazer para deixar de ser infeliz (o que não significa necessariamente ser feliz, você sabe).

Com carinho e admiração,

Jorge

PS: Boa sorte no concurso.

Bela surpresa! Encontrei telas suas num site de artes plásticas. Abaixo uma resenha crítica intitulada "Jorge Madureira e os infinitos tons primitivos".

Lindas! Selvagens, inquietas. Engraçado, sinto como se elas tivessem me aproximado um tanto mais de você. Fiquei ansiosa de conhecer os trabalhos de sua lavra mais recente. Como faço? Na web encontro alguma coisa? Se sim, me passe os links.

Como vamos? O que tens feito? Muito trabalho? Amores? Sobre o que mais perguntar? É só trabalho e amor, nada além.

Daqui posso dizer que tudo caminha mais ou menos no mesmo trilho reto e frouxo de sempre. Continuo desconfiada (sem perder o interesse por tudo o mais e certa paixão por poucas coisas) e, curioso, ultimamente sentindo um cansaço que desconhecia. Sabe quando a gente vai dormir com uma satisfação redobrada? Com vontade de sonhar com nada? E com uma secreta vertigem de não mais acordar? Dramática! Ando assim esses dias. Nesse caso, pra me libertar da dramática uso a gramática. Nada é mais eficaz contra o drama do que um bom texto, já experimentou? Quando estiver com vontades de morrer, no fundo lodoso e frio do poço mais escuro, tente escrever a respeito (direta e sinceramente, se puder). Verás que no texto seus problemas parecerão tolos. É certeiro, comprove!

Um beijo em sua boca.

PS: Me deu vontade.

Cara Joana,

Sim, são telas de minha autoria. Alguns experimentos denominados "primitivos", da década de 70. Que bom que gostou. A mim já não dizem muita coisa, senão como documento retrospectivo de minha obra. Acho–me numa fase tão docemente minimalista que fico aterrado com os caprichosos excessos daquela época.

Mas – a velha história – não tivesse passado por isso não teria chegado aonde cheguei.

Então queres saber de minha vida? O que posso dizer? Talvez que ando mais solitário do que nunca, o que é bom. Tenho me afastado sistematicamente do mundo e dos amigos, o que não é bom. No centro desse estranho paradoxo, sinto-me relativamente confortável, tentando concentrar-me em meu trabalho. E é só.

Realmente só existe trabalho e amor, e as duas coisas podem muito bem ser uma só. É este o meu caso agora.

Afora isso, com uma enorme vontade de viver. Tenho inclusive dormido pouco, tamanha a ânsia de aproveitar ao máximo meu tempo. A partir de certa idade, só o essencial interessa, e lamentamos com frequência o tempo perdido. Da perspectiva da juventude, o caminho é longo. Já da perspectiva da meia-idade, o tempo torna-se curto, e é preciso aprender a não mais desperdiçá-lo.

Então têm sido assim meus dias: acordo às 6 pontualmente, molho minhas plantas, dou comida ao gato (João, cinza e branco, faz nada o dia todo, mia à toa e come muito), leio os jornais (tara por notícias), tomo apenas uma caneca de café, faço exercícios numa velha esteira e me ponho a trabalhar. Faço uma pausa para o almoço, descanso um pouco e volto ao trabalho. Assim permaneço até o dia virar noite. Daí tomo meu banho, confiro os e-mails (que é o que faço agora) e dou uma caminhada em volta da Lagoa... Céus! Só agora me dei conta: ainda não lhe disse que moro no Rio de Janeiro! Tampouco você me perguntou. Ou já sabias?...

Depois volto pra casa, tomo uma ducha, ponho a leitura em dia (tara por boa literatura) e vou pra cama. Sonho muito, sonhos insondáveis. Gostaria de entendê-los.

Dia seguinte, rigorosamente a mesma coisa, com pequenas – alguns diriam insignificantes – variações.

E é isso.

Beijo no coração,

Jorge

Verdade! Ainda não havia me dito onde moras! Rio de Janeiro, imaginei. Sortudo. Conheço pouco aí. Agora, quem sabe, talvez tenha razões para enfim conhecer a cidade maravilhosa. Que lindos seus dias. Inveja. Ficar em casa cuidando de tudo, trabalhando, enquanto o mundo desaba lá fora. Depois sair pra dar umas voltas... Bom demais.

Não bastasse, ainda tens um gato. Mande uma foto dele. Quero apresentá-lo à minha gata, Magda: enjoada, toda branca, vira-lata, muito arisca e metida a besta.

Curioso... Primeira vez que não me pedem uma foto na primeira semana de contato. Por quê? Não ficaste curioso? Sendo sincera, eu fiquei. E aproveito o ensejo para pedir (fica a teu critério enviar ou não) uma foto sua. É que já te imagino: seu perfil, seus traços, na penumbra de seu apartamento, uma ampla sala ateliê, você no centro dela, limpando pincéis com sábia resignação...

Chega! Isso vai parecer uma cantada!

Beijo (casto se preferir),

Joana

Caríssima Joana

Fica a teu critério acreditar, mas não tenho aqui nenhuma foto recente minha. Nem máquina fotográfica ou web-cam. Também não frequento sites de relacionamento e redes sociais e – acredite ou não – não uso telefones. Apenas e-mails. É o bastante. Quando quero achar alguém, acho; quando querem falar comigo, conseguem. E é isso.

Fechar os canais pode ser perigoso, reconheço; tanto mais para um sujeito como eu, com severas tendências ao isolamento. Há, porém, irresistíveis vantagens em não ser figura fácil. Neste caso, só encontramos quem realmente queremos. E, de outro lado, só nos encontra quem de fato precisa.

O tempo, Joana. Exaspera-me perdê-lo, especialmente com

pessoas que nada podem me oferecer ou pelas quais pouco posso fazer ou com as quais sinto-me incapaz de estabelecer qualquer tipo de contato ou diálogo. Por demais exclusivista essa escolha, admito. Contudo, já superei minhas culpas em relação a isso.

Já a foto de João, envio-a em anexo. Uma amiga fotógrafa, fã de carteirinha dos felinos, fez com ele uma sessão de clics com direito a estúdio. Deu até capa de revista! Receio que João seja um autêntico mídia-man, coisa que seu dono, por demais *low-profile*, não aprendeu a ser.

Esses dias, em meio ao sagrado silêncio de minha caneca de café, surpreendi-me pedindo a ele um autógrafo. Ficou calado, me encarando, o que faz dele uma rara e louvável exceção.

De toda maneira, sinto-me francamente lisonjeado com o fato de já me imaginar. Também te imagino às vezes, pelas ruas de Brasília, vibrando quieta por esquinas vazias, compenetrada em seu caminho.

Não me leve a mal. Minha imagem nada tem de específica; ou, em todo caso, nada há nela que me defina. É uma imagem comum. Para mim, ter abolido de minha casa todos os espelhos fez pouca diferença. Coisas demais para observar além de minha previsível figura.

Há quem diga que este é o cúmulo da vaidade: negar-se a encarar a própria decadência. Pode ser. Por que estaria livre dessa doença? Sou como qualquer outro.

Com afeto,

Jorge

Ok, compreendo. Também não sou fã de fotos; elas me revelam de maneira um tanto vaga. Não fotografo nada bem. Alguns ângulos me apavoram! Fico estarrecida! E me pergunto: "Sou assim, tão estranha?" E os amigos: "Sim, és exatamente assim". Disso concluo que não apareço aos outros como convém, ou como gostaria.

No fundo, não aprovamos nossas fotos por pura vaidade, tens razão. Não há saída: se gostas, é vaidoso; se desaprovas, ainda mais. Ademais, cultivamos a perversa tendência de divulgar fotos nas quais, como dizem, "estamos bem". E nem podia ser diferente: por que escolher as que nos revelam mal, ou as que mal nos revelam? Para afirmar o quê?

Ainda assim, envio em anexo um simpático retrato meu. Espero que goste. Nele estou como quando me olho no espelho, antes de sair, e penso: "Garota, hoje é seu dia."

Outra coisa: não posso mais esconder meu desejo de teclar com você. Cheguei a sonhar com isso. Pense na possibilidade.

Aguardo contato. Em geral estou on-line no início da noite, como você.

Beijos,

Joana

PS: Em meus sonhos você é calvo. É?

Nota do autor: O título adequado a esta narrativa inacabada seria "Coito Interrompido", pois, a despeito de tudo, o desdobramento desta agradável troca de missivas redundaria num inescapável desencontro entre eles. A ideia seria transitar entre os discursos: do e-mail para o diálogo escrito em tempo real (via *chat*), modo em que os ruídos e mal entendidos são frequentes; a seguir para o diálogo por telefone, em que a linguística da sedução ganha real potência; depois via Skype, meio pelo qual surge o receio de exposição pela noção presencial-virtual (e certas máscaras são inevitáveis) e, por fim, para o encontro real entre eles, destituído de truques de linguagem, mas ainda mediado pela ilusão do discurso como instância de contato.

No único e breve encontro entre Joana e Jorge, previsto para o fim da narrativa, o esgotamento de linguagens eclodiria como uma impossibilidade. Ao se encontrarem no plano real, ambos notariam, abismados, que nada houve entre eles senão palavras; o que indicaria, não sem certa ironia, que o espaço virtual é, por excelência, o do discurso, enquanto o real é o do silêncio e do vazio.

Pe

> *Não é ser desesperado que é raro.*
> *O raro, o raríssimo, é realmente não o ser.*
>
> Søren Kierkegaard

rfis

Estas breves narrativas debruçam-se sobre "personas" (verdadeiras delícias ficcionais), cujas angústias apresentaram-se à minha imaginação sem qualquer esforço ou reflexão. Dir-se-ia que invadiram minha mente sem pedir licença, o que torna compulsória a inclusão de suas vozes nesta edição.

"Franco, Tóxico & Cansado" saiu, inopinadamente, como um incontornável desabafo de meia-idade.

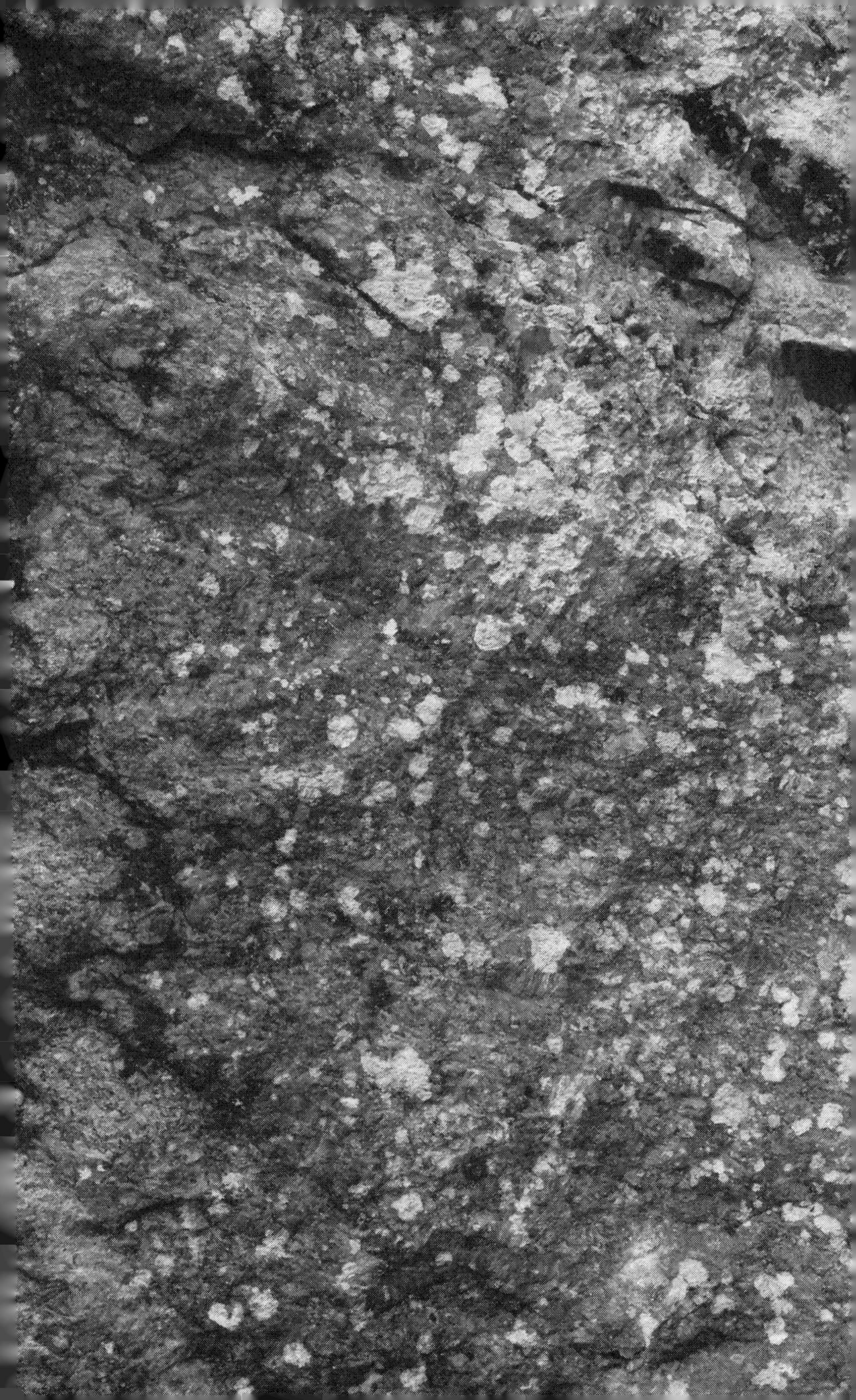

Tentativa

Ao meu ex- vizinho

Armando o meu nome. Pouco importa.

Terça-feira gorda. Estou nas ruas da cidade com meu violão, tentando enturmar-me na folia. Toco sozinho algumas modas de Carnaval, canto alto, mas ninguém quer saber. Todos disfarçados, fantasiados de urso ou pirata, e pouco se fodendo pro resto.

Algumas canções eu mesmo inventei. Outras são do tipo "ala--la-ô", que é pra animar os mais tradicionais, que em geral são os mais babacas. Esses às vezes se aproximam, cantando junto, mas só quando canto "ala-la-ô". Afora isso, ninguém me nota. Nem quando canto a marchinha mais bonita que já compus, "Esquina Vazia". Desconfio que seja por causa do primeiro verso, que diz: "Tudo começa, tudo chega ao fim", que achei adequado, por causa do último dia de folia. Mas não adianta. Ninguém quer saber do fim. Acham que tudo vai durar pra sempre.

Tomei várias cachaças, algumas erradas. Explico-me: alguns tragos que engolimos são um equívoco. A esses chamo de "tragos errados", ou simplesmente "cachaça errada".

Estou cozido de cachaça, não muito animado, mas empunho meu violão com sólida convicção. Como disse, canto alto, bonito, mas ninguém se importa. Eis minha impressão: a de que ninguém liga porque, no fundo, sabem que também estou pouco me fodendo pra eles. Todos uns cretinos tentando ser felizes, e me incluo entre eles, com meu violão.

Volto cedo pra casa. O porteiro me cumprimenta desconfiado. Diria que me "comprimenta", pois me mede dos pés à cabeça. Deve achar que, por morar sozinho, vou aprontar alguma. Talvez tenha razão.

Entro no apartamento, jogo o violão sobre a cama, atiro-me no sofá. O que fazer, bêbado de algumas cachaças erradas, não muito animado e sozinho? Nesta cidade não tenho família nem amigos. Todos distantes, a alguns mil quilômetros daqui. Por conta disso, tenho o hábito de ouvir músicas agitadas em volume alto. Gosto de *Pixies* e *Strokes*. Sou capaz de ouvir o mesmo disco várias vezes seguidas. Isso me acalma. E irrita os vizinhos, contumazes inimigos.

Não seria adequado, entretanto, considerando o clima carnavalesco, ouvir esse tipo de música a essa hora. Então, o que fazer? Lembro-me, ao apalpar meus bolsos, que ganhei (de um dos poucos foliões que se dignou a se aproximar de mim) uma pílula branca, grande, redonda. Ele me disse: "Engula isso e seu destino será outro". Achei graça na maneira dele de dizer a frase, parecia um sonho.

Engulo a pílula com água de torneira.

Meia hora depois estou pendurado na janela, gritando com os vizinhos, quebrando os vidros da janela e atirando-os lá embaixo. "Alguém quebrou minha janela!", grito. O vidro se espatifa no chão. Os babacas (especialmente a mal comida desbocada do primeiro andar) gritam de volta, me xingam, ameaçam chamar a polícia. Pouco me fodendo. Ninguém se importa, ninguém liga. Vou foder com tudo, começando comigo, não sem antes destruir este apartamento, varrer as provas. Sobrará nada. Morrerei, e comigo a soma de tudo o que carrego atrás de mim, desde sempre.

Começo com o sofá. Atiro-o pela janela. O som do móvel esboroando-se no chão, um tesão. Depois a cama, os livros, discos, roupas, pratos, copos, talheres... Por fim, o maldito violão. Tudo janela abaixo. Sensação de liberdade e leveza. Sequer imaginei que pudesse sentir tão sublime sensação. Livre. Agora grito pela janela coisas sem sentido. Se pudesse levaria o mundo comigo pro meu buraco. O mundo agradeceria.

Súbito, sou resgatado por cinco bombeiros suados que me agarram, me amarram e me tratam com palavras rudes. Sei exatamente o que estou fazendo, mas sou tratado como um insano que precisa ser amordaçado, atado a uma maca e levado a um hospital público, onde me aplicarão um sossega-leão.

Os vizinhos... Se ao menos não se importassem. Se tivessem assistido, impassíveis, ao espetáculo do meu fim... tudo teria sido exatamente como planejei. Mas não. Eles querem que a gente viva, não admitem que nos retiremos por conta própria. E, no entanto, quando, nas ruas, tentamos estabelecer algum contato, ignoram-nos sem reservas.

Muito estranho.

Odete

Odete, nome de enfermeira. Olavo é nome de quê? Do que você quiser, disse. Me deixa na lateral do hospital. Na lateral por quê? Porque eu quero. Ele sorri, dentes amarelos de nicotina. O táxi fede. Cigarro. O inferno fede a cigarro. Meu lugar é no céu, junto aos anjos, com um homem gentil a me massagear os pés.

Entro no hospital, passo o cartão na roleta. Dona Odete, estão procurando a senhora no ambulatório, dona Fiona pediu preu passar o recado. Manda ela falar comigo. Eu falei, mas ela mandou dizer que estão procurando... Manda falar comigo.

No corredor, Augusto faz a faxina. Chegou a salvadora do mundo. Viu a Fiona? Na sala dela, almoçando, melhor não entrar. Obrigado, Augusto. Entro na sala.

Estou almoçando. Quer falar comigo? Deixei recado na portaria. Não recebo recados de portaria. Pode voltar depois das duas? Não. Ela termina de mastigar e engole. Tem um infeliz no ambulatório querendo falar contigo. Quem? Diz que só fala contigo. Dou-lhe as costas. Aonde vai, ainda não terminei. Saio. Ela grita volte aqui às 3. Não voltarei.

Sigo pro ambulatório. Um senhor se aproxima. A senhora é dona Odete? Quem quer saber? Muito prazer, e me estende a mão. Aperto-a. Calos. Meu nome é Carlos, mas o pessoal me chama de Zé, a gente pode falar aqui? Faço um sinal, ele me acompanha até a área dos fundos do ambulatório, um quintal abandonado e triste.

Dona Odete, é difícil dizer. Se for o que estou pensando, tomou o bonde errado. Ele impede minha passagem. Seus olhos lacrimejam. Por favor, é minha sobrinha. Qual o nome? Fátima. Fátima de quê? Tá pra morrer, efizema de pulmão. É enfisema pulmonar. Tanto faz, diz. Cheiro de cachaça. O que quer de mim? O que a senhora pode fazer? Nada. Não é o que dizem. Quem dizem? Ninguém. Lamento, o senhor está mal informado, licença. Ele me enlaça o pescoço com as duas mãos e aperta. Pelo amor de Deus, a senhora é minha única esperança. Dou um joelhaço entre suas pernas. Ele se dobra, geme de dor. Não me procure mais.

Sigo pra UTI. A senhora vai almoçar? Não. Dona Fiona quer falar com... Ela que espere. Dr. Vitório está procurando... Que procure. Aonde a senhora vai? Pro inferno.

Caminho a passos largos. Uma enfermeira novata se aproxima, não paro de andar. Dona Odete, presença solicitada na ala 2, paciente só fala com a senhora, Dr. Vitório está a sua procura, diz que é urgente, dona Fiona pediu pra dizer que

Entro na UTI. Procedimento padrão de higienização e segurança hospitalar. Pelo vidro, Emanuel, internado há 6 meses. Câncer medular. Vem sobrevivendo. E depois milagres não existem. Ele me chama com os olhos. Por conta da degeneração avançada, desenvolveu uma linguagem que só eu sou capaz de entender. Sou paciente.

– Como vamos, moço?
– Nãorindo sintofalfala faltcigamulher perdinavid estarvi labirinto semdono e a senhora querdizer vosmecê...
Emanuel foi marceneiro. Dos bons. Herança de família. Mas acima de tudo leitor voraz. Leu tudo o que pôde enquanto pôde.
– O que você quer?
– Fosse um sonhoruim e a senhora? querdizer vosmecê?
– O que eu quero?
– É é o a vosmecê?
– ...

– Querqueridessavid secasacanasurrupida?
– ...
– Suruba? Matsubara japonês doido topei com ele dando nela com vara de tocar gado doidindoidin!
É afeito a jogos. Cacofonias o agradam. Não sei se finge ou se resulta de alguma disfunção neurológica. Aprecia detalhes sórdidos. Alguém há de me esclarecer: quando a fala é perturbada por desordens cerebrais, sacanagens vêm à tona, aliadas a um humor perverso.
– E se se esesese?
– Se?
– Se?
– Se o quê, querido?
– Ooooooooolhaaafalou
– Falei o quê?
– Queridouerido rido ido
Por mais que se esforce, não vai me amolecer com a farsa de se fazer de vítima. Ele sabe. De tudo. Sabe que não há saída. Que a dor será sua parceira enquanto respirar. Não tem família, todos mortos, ninguém por ele. Sabe bem o que quer, sabe bem o que diz.
– Dengodengosa dona, anão disse que indaduro muito picadura!
– Anão pode estar errado.
– Tá não donatánão anão não come algodão
– E as dores?
– Dorducarai opiáceo passadepressademasiadodemais o anão dança e grita a gente capota mas não breca!
– Ele tá aqui? Seu anão?
– Meunãonãomeuó ele aí debaixo de suas perna!
Olho pra baixo. Ele sorri.
– Senhora tira das tomada? asparelhage?
– Quem pensa que sou, cabotino?

- Olhaídonadisse ca-bo-ti-no vaidesligarnão?
- O senhor está agitado. Durma um pouco.

...

Aplico uma dose de Fentanil.

...

Desligo os respiradores ou aplico uma de Diprivan e duas de Pavulon? Segunda opção.

Depois do que espero.

...

Paralisia muscular e bloqueio respiratório.

Desligo os respiradores, um a um.

Ouço um "obrigado" nas entrelinhas do último suspiro.

Prolongado alívio.

...

De nada, Emanuel.

Última Sessão

A Lutgardes Leitão

Entro. No consultório, terapeuta. Primeira sessão. Digo a ele Tudo certo, preciso de nada não, tudo bem está tudo normal nada mudou. Mulheres? Comi. Todas que quis, todas que quiseram. Dinheiro? Sou foda, venci o dinheiro, não preciso mais. Dinheiro é que precisa de mim. Você? Enganador. Ganha a vida contando casos inventando coisas enganando iludindo pessoas desiludindo. Desista. Sou o cara esse cara sou eu.

Ele me olha. Olhar de cachorro de raça. Me diz Tudo certo pode ir, não posso te ajudar, tudo certo pra você tudo normal nada mudou você é o cara não precisa de mim.

...

Ajudo pessoas a resolverem problemas. Você não tem nenhum.

...

Pode ir.

Ele apanha sua maleta de trabalho – uma dessas de médico do século XIX, que abre em sanfona – e sai do meu consultório.

Semana seguinte, reaparece. Entra com a mesma maleta, abre-a, puxa um revólver de dentro, coloca-o sobre a mesa.

– Agora vamos conversar de igual pra igual.

– Pra que a arma?

Ele ri às gargalhadas. Grita:

– MAS NÃO ESTÁ MUNICIADA!

Grito de volta:
– IGUAL AO SEU PAU QUE NÃO FUNCIONA?
Longo silêncio. Ele desaba no sofá. Chora.
...
– Você adivinhou.
– ?
– Meu pau não sobe.
– Desde quando?
– Faz tempo.
– Quanto tempo?
– Ah faz tempo.
– Tentou a medicação?
– Tentei de tudo.
– E?
– Meu pau tá morto.
...
Ele guarda a arma e sai.
Soluços no corredor.
...
Ouço um tiro.

Flores de Ferro

Aos que souberam desistir

Dr. Miguel, advogado. Diretor executivo de multinacional multibilionária. Família grande, cinco filhos criados. Cachorros, um gato, papagaio. Cavalos num haras bem administrado. Sete carros, moto grande empoeirada, imóveis espalhados pela cidade. Viciado em trabalho, viaja constantemente. A esposa faz nada. Dona de casa, mas não cuida; não precisa, empregados por todo lado. Resta a ela malhar, cuidar da aparência e foder com qualquer um que não seja o marido. Os filhos vivem de mesadas astronômicas. A esses resta o trabalho de gastar, de modo sensato, a fortuna do pai.

MIGUEL POR ISMAEL

Cambada os fio do dotô. Não presta um. Tudo chupim. A mulé? Vale nada. Os empregado uns puxasaco. Os bicho uns faz nada. Bicho é de dá urticária. Só que come bebedorme enche as paciência. Papagaio é o demo. Medo dele. Os cachorro uns mimado de merda. Só o gato que tem que eu gosto dele. Gatão o nome do rajado. Parece um desses da áfrica. Dizem que a marca é rara e cara. Magine, paizin, a gente consegue se afeiçoar só dum felino numa casa cheia de bicho e gente e máquina de tudo tipo. Nunca fui com a fuça dum gato e aqui no dotô só gosto dele. Estranho.

Os fio? Saber? Três macho duas fêmea. As fêmea deusolivre.

Feia que nem a mãe, todas as duas. Os rapaz ainda dá pra comprar. As fia? Joga fora, não presta uma. A mulé do dotô um livro à parte. Dizer nada não. Medo. Acho que tem parte com o coisa ruim, a desgraça. Igual merda, quanto mais mexe, fede. Xapralá.
Vou falar do dotô, ganho mais. Aliás não ganho é nada. Dotô é bom pra mim, me tem com consideração, sorri, até cunversa me dá vez que vai. Cunversa boa, de gente criada. E eu só que aparo as grama e mexo no jardim dele. Jardim dele é bunito que vendo. Dotô tem tempo pras flor dele. Quer ver ele arara? É as flor dele tarem sem viço. Diz que Ismael entende das flor dele. Entendo e não me gabo. Com flor não se fala, de flor se cuida. Negócio de falar com elas dianta nada. Flor gosta é de sombra, solzin, água, molezinha. Disso me encarrego. Devagar, um dia depois do outro.
Mas e o dotô? Disse que ia falar dele e falei das flor dele. Dotô gente de alta fineza. Quando fala olha direto no olho. Tem boas maneira e é manso, a voz mansa. Nem vou dizer que é bunito que fica ruim, mas ô homibunito! Mulherada se contorce por ele, a saia sai voando. Mas o dotô, isso é que não atino, é tinhoso dum jeito que esse Ismael não explica. Se explico, complico. Melhor não.
O que dá na vista é a tristeza dele. Triste que é o diabo no céu. Aí põe no mei da cara uns oclão preto que brilha de esconder ele. Mas Ismael vê. Vejo no rouco da voz dele que vibra numa tristeza de fundo de poço. Essa nasceu com ele, só isso resume o conto. Nos entretanto segue em frente, finge que não é com ele. Mas é. Até Ismael vê.

MIGUEL POR MIGUEL

Quando consegui tudo, veio tudo abaixo. Fácil saber quando. Basta olhar o mundo e sentir nada. Pronto, é o fim: hora de abandonar o barco, queimar tudo, viver com bem menos que o essencial. Isso depois de ter vivido a vida toda com bem mais.

Sensação de limpeza, alma faxinada, corpo levelivre, o mundo renovado.

Visto uma roupa qualquer, meias e cuecas numa bolsa pequena.

Bilhete:

fui embora
combinação do cofre é tal
falem com o advogado
tudo no nome de vocês
dinheiro de sobra pra viverem bem por muitos anos
e é isso
obrigado por tudo
desculpaqualquercoisa

E parto.

Deixo mulher+5 filhos, deixo fortuna, patrimônios. Ninguém vai reclamar. Todos ricos meus descendentes e, se souberem administrar, os descendentes dos descendentes.

De maneira que conquistei a dita liberdade, sobre a qual a vida toda ouvi falar e que, agora vejo, nada é senão livrar-se daquilo que todos se matam a vida toda pra conseguir.

De nada precisar ou de quase nada, só isso liberta. O resto é escravidão, inferno, merda, não paz. Quer paz? Deixe tudo pra trás. Tudo. Não me pergunte como. Se vire.

Foi fácil. Talvez seja difícil pra você; pra mim foi fácil. Até poder fazer isso, trabalheira danada. Uma vez terminada a trabalheira, basta largar tudo.

Pode me chamar de covarde. Vergonha nenhuma de ser covarde, nunca tive.

Hoje vivo pelas ruas do bairro onde mora minha família. Vantagens e desvantagens. Vantagem: poder observá-los: inexplicavelmente divertido. Desvantagem: aturá-los. Pesadelo ter que repetir aos filhos, esposa, amigos, vizinhos:

NÃO VOLTAREI

Os problemas deles não são mais os meus. Que dancem como bem entenderem. Dançarei à minha maneira.

Não há mendicância no bairro, vivo sozinho, mendigo solitário. Não aceito esmolas, não peço nada. Não é difícil me achar, bairro pequeno, poucos desvãos pra se esconder. Filhos e esposa vez que outra aparecem com uma torta, bolo, garrafa de qualquer coisa. Deixam ao meu lado, com um bilhete, se estou dormindo. Acordo, rasgo o bilhete e jogo fora o que for. Se acordado, finjo aceitar pra deixá-los com a consciência calma. Se tentam falar comigo, raramente dou conversa. Quando dou é pra esculachar. Assim que me dão as costas, vai tudo pro lixo. Não cato coisas no lixo. O que como? o que bebo? como sobrevivo? Problema meu, não dou detalhes, não importa.

Uma única coisa importa: é possível viver sem teto, sem dinheiro, sem comida ou bebida.

Plenamente possível.

Projeto

Ao meu filhopai, Gabriel Garib

quem disse que não sou só foi o dono da venda
disse que sou só reservado e tímido
achei graça mas não dei conversa
falar de mim? só pra mim
converso comigo tento entender
mas só piora
quanto mais tento
quanto mais me enfrento
menos tento
dizem que quem fala sozinho é meio sei lá
que não faz sentido falar sozinho
menos sentido falar com alguém
então falar comigo virou hábito
ao menos entendo um pouco umas coisas
que se falasse com alguém desentenderia

cultivo hábitos
o mais agradável é andar todos os dias pela mesma trilha
no mesmo horário
faça chuva ou sol

a trilha beira o mar da cidade onde vivo
sigo até um ponto distante e deserto
escalo uma pedra difícil
e ali ponho-me a meditar

os olhos fechados
barulho do mar
o vento
e é isso

até que um dia abro os olhos e vejo uma mulher
está molhada as vestes rasgadas
há sangue em sua face e em suas unhas
vejo partes de seu corpo nu pelas frestas
é bonita branca
suave calma
movimentos lentos
fala baixo
quase inaudível
e devagar
não me encara
mas não tem medo

no começo ficamos em silêncio

acendo um cigarro
ela diz você fuma como quem gosta da vida

os encontros passam a ser frequentes
e sem combinação
não pergunto quem é ela
não me pergunta quem sou
não há resposta

não nos tocamos
apenas conversamos a uma certa distância

nas conversas ele fala sobre o projeto dele

a mulher não compreende
ele não se esforça para revelar suas motivações
diz apenas que está desenvolvendo um método pessoal
em que o essencial é ser de tal modo leve e comum
que o outro quase não o note

o objetivo é tornar-me invisível

Confissão

única hipótese: lidar com a bagunça e temê-la um tanto menos.
aceitar as coisas confusas e sem solução, caos perigoso, não é assim tão fácil.
aqui não apenas narrar; pensar. cientes de que pensamentos são narrativas; cientes de que dão voltas e não chegam a parte alguma; cientes de que o labirinto impera; cientes de que não há saída.
nunca quis ser terapeuta. pergunto-me por que acabei cedendo à tentação. justo seria estar atrás das grades, babando, não arrombando indiscriminadamente a cabeça dos outros. por quê?, ainda me pergunto. por certo temos bons terapeutas. também é certo que um profissional dessa área deveria passar por rigorosos testes de sanidade mental. não foi o meu caso. formei-me mal, faculdade ruim, ensino vagabundo, sem carreira acadêmica, sem estudos, sem experiência de vida. formei-me e abri meu consultório no centro da cidade. em menos de três meses estava lotado de pacientes. como? sou uma mula. podemos admitir, a título de consequência, que meus pacientes são umas bestas?
muito triste.
very sad
molto triste
muy triste
très triste
sehr traurig
meget trist

hyvin surullinen
huzayn jiddaan
shat tkhur
baie hartseer
jako tuzno
heel triest
nagyon szomorú
zeyer troyerik
gidigidi
an-brónach
poly lypiménos
mjög sorglegt
hijo ni kanashidesu
contristatus
mnogu tazno
pir xemgin
tris anpil
molt trist
väga kurb
bahut dukh kee baat
drist iawn
ganz traureg
susah banget
rawa pouri
veldig trist
foarte trist
bardzo smutny
ochen' grustno
mycket tråkigt
velmi smutny
çok üzücü
duzhe sumno
uphatheke kabi kakhulu

Madame Rien

Aos que se atrevem a urdir narrativas

Execrável Ademir Maria,
Queres que eu seja sua *ghost-writer*, mas em verdade não sabes o que quer. Deves desistir do ofício antes que isto o extermine. Aliás, já o exterminou, o que me leva a entender um tanto mais o desespero de sua solicitação.

Por partes, como queria *The Ripper*.

Tenho péssima prosa, minha profissão permite. Não preciso escrever bem, com a devida elegância. Cagando um caminhão pra norma culta. Não cultivo a tara por advérbios e pouco se me dão os pretéritos-mais-que-perfeitos. Mal reviso o que escrevo, vou escrevendo apenas (aliás, como 90% dos que vivem disso). Aí acho engraçada essa sua mania de me perturbar. Já não basta meu vizinho, aprendiz de flauta doce, a me torturar com temas épicos?

Por que não se empenha na criação de uma obra grande?, já que de uma grande obra estás interditado?

Ideias: INVESTIGAÇÃO DE UMA BIOGRAFIA, bem ao estilo Bolaño. Sugestão: assista, uma vez mais *Citizen Kane*. Note o decoro gótico do protagonista. Welles, espertinho precoce, foi de fato habilidoso ao nos fazer percebê-lo como figura de traços quase míticos, pleno de desejos mundanos e portador de um segredo bobo: *Rosebud*. Truque troncho. Última palavra proferida ao morrer, ok. Mas, no final, entre chamas, a marca de seu trenó de infância? É subestimar demais nosso apetite por mistérios complexos e supostamente profundos. Emprego o advérbio (supostamente) pois, bem sabes, "a profundidade das coisas é uma ilusão" (Camus, suicida involuntário, sabia bem o que dizia).

És um perfeito idiota, Ademir. Nome lapidar. Até Ademir, vá lá. Mas o Maria? Faça a gentileza. Isso não foi nem jamé será nome de autor. Não de um sério, em todo o caso. Imagine: INVESTIGAÇÃO DE UMA BIOGRAFIA, por Ademir Maria. Não bastasse, ainda rima. Não vende. A menos que sejas do tipo que não se importe com vendas, que apenas distribui ao vento as larvas de sua lavra.

Ainda assim, duvideodó que alguém leia.

Divertido seria vê-lo a implorar conselhos a Gertrude, a Stein. Diria ela: "Você inexiste. Inexiste. Inexiste. Você, amigo, de uma inexistência." Ou a Poe: "Tal complexo ofício subtrai-se de seus vocacionais predicados; não há real mistério no escopo de vossa letra."

Ademir, meu Maria, devias (se já não) doar-se da janela de sua gaiola ao espaço infinito de chances. Bom saber que, por conta da lei, sua única chance é espatifar-se na sarjeta.

Escrever, paizinho, não é para filisteus. É preciso muita malhação, não basta ser alfabetizado.

A gente nem sempre aprende.

Com indiferença,

Sua,

M.R.

Franco, Tóxico & Cansado

Pour ceux qui ont raté le train, comme moi

Não reclamar. O mundo uma zona. Sempre foi. Em todas as direções. Todos desesperados atrás de sensos juízos formas organizações planejamentos que deem conta da confusão, mas a bagunça persevera, única – alguns diriam A VASTA – realidade. Antes tentar entender o que é RE-A-LI-DA-DE: cinco sílabas, um mistério.

Inútil, pois.

Ao que importa: o que importa? Ou nada ou tudo. Não há zona de equilíbrio. Ou tudo se encaixa ou nada faz sentido. O universo um *puzzle* em franca entropia. Os físicos, com base em acuradas observações, atestam: num dado sistema, a desorganização tende a ser cada vez maior. E irreversível.

Em meio a isso, não há pau que levante.

Há de ser o ciclo dinâmico do cosmos: pau sobe desce, pau anima arrefece. E vamos por interstícios, nas fendas frouxas de gretas gratas. Perdoe o cacófato. Culpa desta reles revolta. Que revolve e sempre volta. Ou finge força para não cair em tentações de morte.

Reina a LOGOMAQUIA
s.f. (1858)
1 discussão gerada por interpretações diferentes do sentido de uma palavra; querela em torno de palavras;

2 p.ext. emprego de termos não definidos num discurso, numa argumentação; palavreado vão;
3 pej. querela em torno de coisas insignificantes.

Apraz– me a pejorativa: QUERELA EM TORNO DE COISAS INSIGNIFICANTES. Eis, ao que parece, nossa principal atividade.
O que mais, afora isso? Ações desprovidas de discurso? Raras feito pérolas negras, aí estão para nos ensinar a calar bocas e meter mãos à obra com resignada serenidade.

Disse Jesus: "Não o que entra, o que sai [da boca do homem}."
Perdoe (se puder perdoe) a citação. Não pude evitar.
Estamos por um fio.
Por um fio, fio.
Por um fio.

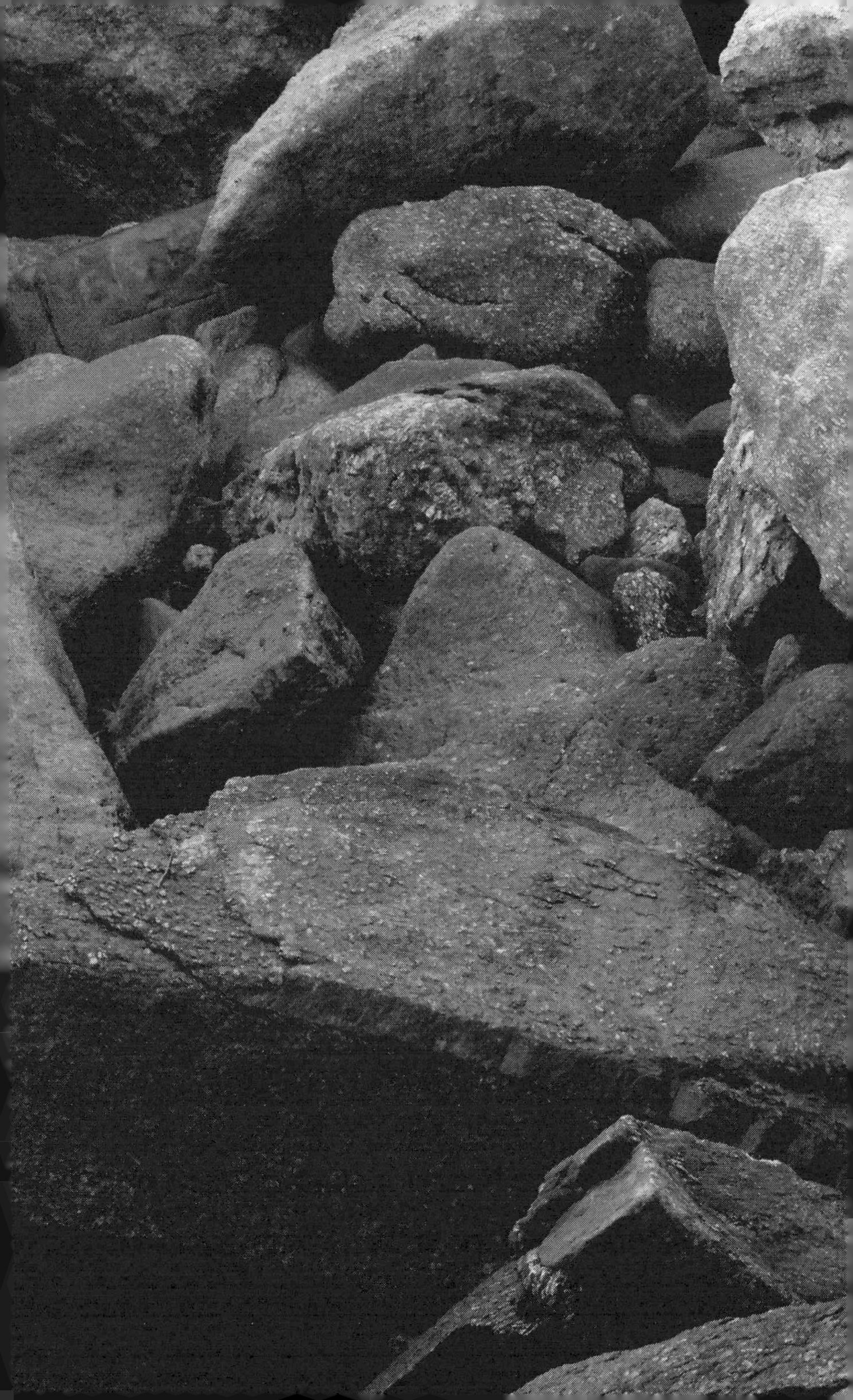

O inferno está vazio e todos os demônios estão aqui.
William Shakespeare

Do Eterno Retorno

NOVELA

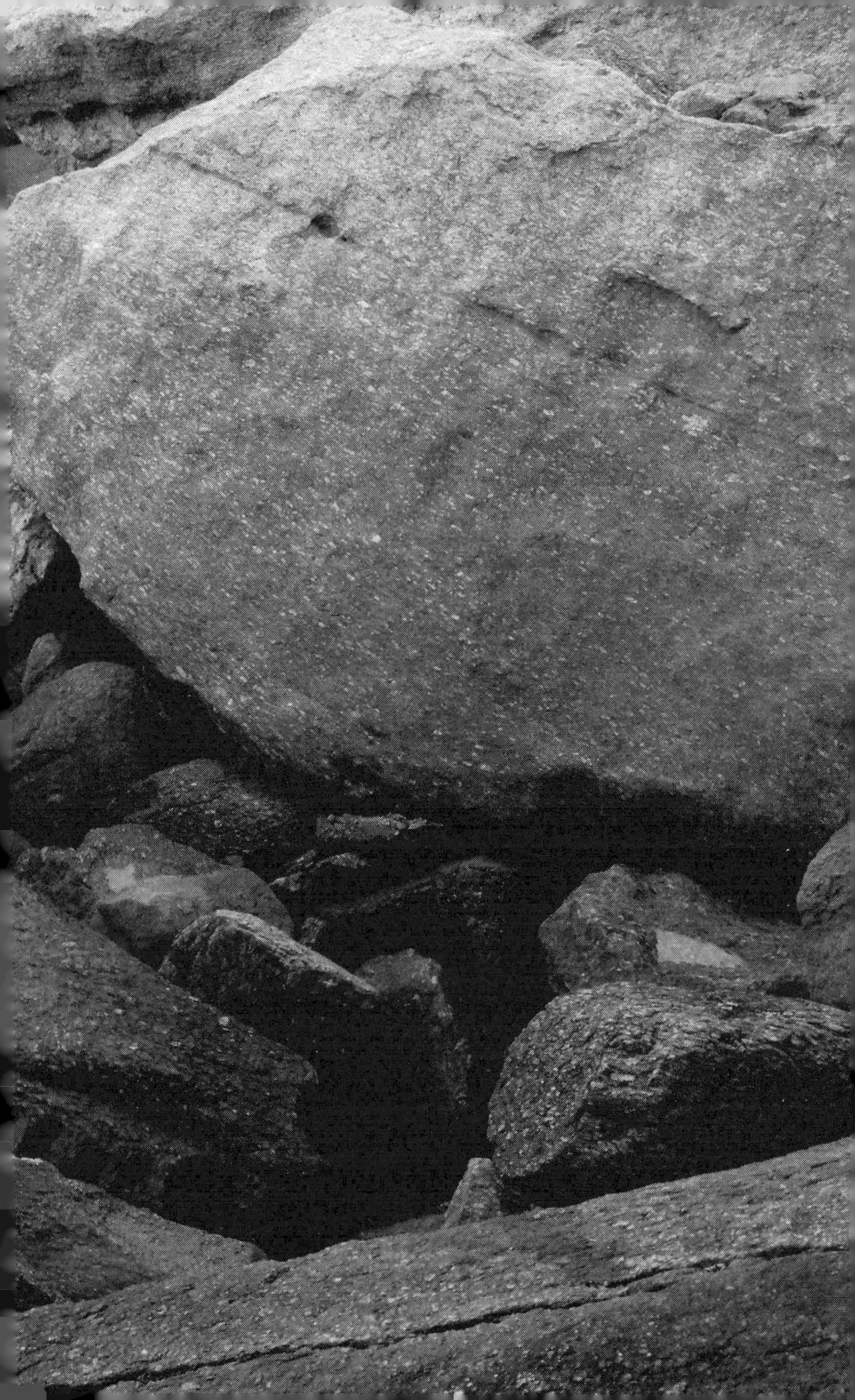

Às nossas sombras;
Ao meu avô, José Garib;
A Luciana Bazzo

Anno Domini MMXXXVIII

1

A – Como vim parar aqui?
B – Não lembra?
A – Não. Nada.
B – ...
A – Me sequestraram?
B – ...
A – Sou seu prisioneiro?
B – ...
A – Quem é você?
B – Ainda é cedo.
A – Quê?
B – Muito cedo.
A – ...
B – Toma uma água?
(estende o copo, vazio)
A – Que água?
B – Olha direito.
A – Minha nossa...
B – ...
A – O copo...
B – ...
A – Agora mesmo estava vazio!
B – Beba.
(pequeno gole; tosse)
A – Tem mais luz aqui?

B – ...
A – Escuro.
B – ...
A – Impressão minha ou?
B – ...
A – Ou tou com um pouco de medo?
B – ...
A – Devia estar?
B – ...
A – Quem é você?
B – Tome sua água.
(grande gole; tosse)
B – Fuma?
A – O que é isso?
B – Tabaco.
A – Não fumo.
B – Toma. Fume.
A – Não, obrigado.
B – Fume.
A – O cigarro está apagado...
B – Fume!
(aspira e solta a fumaça)
A – Como faz essas coisas?...
B – ...
A – Isso de... (fuma) Esquece. (...) Quem é você?
B – Estou ótimo, e você?
A – Péssimo.
B – ...
A – E não sei o porquê.
B – ...
A – O que aconteceu?
B – Ainda é cedo.
A – Cedo pra quê?!

B – Ficar nervoso não vai te ajudar.
A – Eu tou nervoso?
B – Você ficou nervoso.
A – E agora?
B – ...
A – Como estou agora?
B – Quer um espelho?
A – Você tem um?
B – Olha pra mim.
A – ...
B – Nos meus olhos.
A – ...
B – Dentro dos meus olhos.
A – ...
B – Consegue ver?
A – ...
B – Hum?
A – ...
B – Se olhasse bem. Dentro dos meus olhos. Verias. Como num espelho. O pavor. O brilho do pavor. Nos fundo dos teus.
A – ...
B – Aqui posso me estender. Não há tempo definido aqui, não há limite de tempo aqui. O tempo aqui nos pertence. Ou me pertence, se isso não faz diferença pra você. Mas acho difícil não fazer. O tempo é a única diferença. Para todos. Sem exceção.
A – ...
B – Tempo para divagar. Divagar devagar. Devagar... Divagar...
A – O que quer comigo? Te fiz alguma coisa?
B – Sim.
A – O quê?
B – Cruzou meu caminho.
A – Só?

B – Acha pouco?
A – Eu te procurei?
...
B – Qual o seu medo?
A – Me diz você, que sabe tudo.
B – ...
A – Meu medo?
B – ...
A – Meu maior medo?
B – ...
A – Enlouquecer.
B – Não é uma escolha. Acontece.
A – Medo de enlouquecer sozinho.
B – Há outro modo?
A – ...
B – Ou prefere arrastar inocentes com você?
A – Não há inocentes.
B – ...
A – Não creio em salvação.
B – Pois devia. Não estou aqui por outra razão.
A – ...
B – Minha oferta é uma espécie de salvação.
A – Aberto a propostas.
B – Jura?
A – Por Deus.
B – Tens um deus aí?
A (assente com a cabeça)
B – E ele se importa?
A – Ele não existe para se importar.
B – Pra que então?
A – Para nos importarmos com Ele.
B – Você ama mas não é amado?
A – Nunca pensei assim.

B – Estranha troca.
A – Não é uma troca.
B – E é o quê?
A – Devoção. Fé cega. Faca amolada.
B – Cuidado. O fio da faca flutua.
A – Diz logo o que quer comigo.
B – Pressa?
...
A – Como não ficar ansioso?
B – Tirar a própria vida é um caminho. Duvidoso, mas algo a se considerar em alguns casos.
A – Duvidoso?
B – É a alma que anseia, não o corpo. O autoextermínio só funciona pros destituídos de alma.
A – Então, segundo você, tenho uma alma.
B – Ah tem. Tem sim.

2

Ele se afasta. O modo como se desloca pelo estreito cômodo escuro. Um animal evoluído; algo múltiplo, grande pedaço de carne potencial, de intensidade contínua e perturbadora. Como se não se importasse com horrores e delícias, como portador de infinitos fluxos, estranha pluralidade, devorador de forças, predador perfeito. E, no entanto, um homem. Mas abissalmente singular, rizomático, marcado por fantásticas diferenças. Tudo o que é diferente, que a nada se assemelha, jorra fartamente de cada um de seus poros. Desliza pelo espaço, não como quem anda. Seus pés parecem dotados de asas ou rodas; não tocam o chão.

Esforço-me para lembrar como fui parar ali. Um vasto muro escuro ergue-se entre minha frágil memória e a recente sucessão de acontecimentos. Chego a conjecturar sonhos, mas também isso parece improvável. A atmosfera pastosa, o cheiro de mofo, as sombras nítidas, a sólida presença de um pavor sem precedentes; o assombro real, envolvente, diverso demais do indecifrável êxtase onírico ao qual estou acostumado (eu, sonhador compulsivo).

O que está em jogo? Ele deseja algo. Não meu corpo, não minha carne; algo intangível, para além de toda ontologia espectral, para além de almas, sopros, espíritos. Talvez queira sequestrar minha essência, ideia da qual sou apenas sombra pálida.

Tiger, tiger, burning bright,
In the forest of the night*

B – Se tivesse que eternizar um momento de sua vida, a ponto de desejar seu eterno retorno... Restaria algum?

Sua voz surge por trás, rouco sussurro. O coração retumba entre as costelas, falta-me ar. Respiro fundo.

A – Pode repetir a pergunta?

B – Você ouviu.

A – Ouvi, mas não...

B – Você entendeu.

A – Quer saber... se eu desejaria... que alguma ocorrência de minha vida... se repetisse eternamente?

B – ...

A – É isso?

B – ...

A – Minha memória é um fiasco.

B – ...

A – Como se passasse pelas coisas e elas fossem se desfazendo atrás de mim. Nada que mereça... Nada que... Nada.

B – Quatro eventos luminosos. Plenos de prazer, êxtase e assombro. Quatro acontecimentos capitais. Que mudaram seu modo de encarar a vida.

A – Coisas que mudaram minha...? Foram todas terríveis... Medo e angústia.

*William Blake

B – Pode ser. Mas também desejo e paixão. Algo a ver com criação. Algo que tenhas inventado e que tenha talvez salvado sua vida. Que tenhas testemunhado. Um episódio de amor. Descoberta. Sexo. Infância. Horror. Maldição. O prazer da primeira vez. Uma conquista. Túnel transcendente. Momento divisor, marcante, inesquecível. Algo tão necessário que desejarias que sempre acontecesse. Sempre. Eternamente.
A – Não existe isso.
B – ...
A – Não existe.
B – ...
A – Até inventar é difícil.
B – Quero a verdade.
A – O que quer que eu diga... vai ser uma invenção.
B – Vou considerar isso.
A – Tem que ser uma coisa?... um grande acontecimento?
B – Algo luminoso pode ser minúsculo.
A – Tem que ser bom?
B – Algo terrível pode ser bom.
A – Pra que isso?
B – Porque eu quero.
A – Ou?
B – Está ciente de sua situação?
A – Não completamente.
B – O bastante para não me contrariar, espero.
A – ...
B – O jogo vai ser assim: conte-me quatro eventos de sua vida, tão importantes que você desejaria que acontecessem para sempre. Se todas as narrativas me convencerem, estás livre. Se uma não me convencer, você me pertence.
A – ...
B – Valendo.
A – Espera. Quanto tempo tenho?

B – O tempo que precisar. Mas não abuse.

"Você me pertence", ele disse. O que haveria de valoroso nesta velha carcaça? Devo me concentrar. Quatro histórias luminosas. Infância. Puberdade. Maturidade. Velhice.

3

Quando era bem pequeno. Tempo que a memória não alcança. Talvez entre 5 e 7 anos. O importante é ter tempo para resgatar o tempo. Mas ele não cessa de me lembrar com o olhar: "Nosso tempo é largo, porém finito." Circula lento entre sombras, inatingível. Devo esquecê-lo, por ora. Só o jogo importa. Concentre-se. Infância.

A – Quando era pequeno, meu avô era um gigante. Um forte e alegre gigante, modelo de paixão e prudência. Nada podia abalá-lo, nada perturbava sua elegante paciência. Nele havia uma rara espécie de fragilidade, dessas que nos fazem ver a delicadeza como uma força. Este meu avô era um artesão. Tudo o que se pode fazer bem com as mãos – de carinhos a carrinhos, de trabalho pesado a conserto de relógio – ele era capaz de fazer.

...

A – Um belo dia – lembro-me apenas que estava claro e azul – chamou-me em segredo à sua oficina de afazeres, onde consertava e construía tudo o que podia, com a serenidade de um monge, em meio a uma paz silente, rodeado de bugigangas e móveis e artefatos para mim totalmente estranhos. As paredes da oficina eram de madeira, clara e cheirosa, provavelmente medida e serrada por ele; cada um daqueles recantos fora construído por aquelas mãos. A grande e robusta bancada de trabalho, suspensa por três pesados cavaletes, as estantes labirínticas que rodeavam o lugar, abarrotadas de ferramentas e materiais de todo tipo, o piso irregular de cimento áspero, tudo parecia ter sido projetado por ele e ninguém mais. Algo que fazia para aplacar sua solidão, e para cultivá-la.

...

A – Era sagrada aquela oficina; para mim mais do que certas igrejas; escura, a não ser pela luz da lâmpada que pendia de uma velha arandela circular bem no centro da bancada, não clara o bastante para iluminar todo o ambiente. No telhado, estrategicamente posicionadas, telhas de vidro encarregavam-se de banhar em luz natural o restante do espaço, sempre maior do que meus olhos eram capazes de ver. No ar flutuava permanentemente um pó aconchegante, quase um agasalho. Aquela nuvem generosa nos rodeava e fazia daquele lugar um esconderijo singular, valoroso, viril. Naquela época o homem não pisava na cozinha da mulher tanto quanto a mulher não pisava na oficina do homem. Era assim. E tudo seguia seu curso, como se o mundo tivesse encontrado um precário porém firme ponto de equilíbrio.

...

A – Vovô ostentava um bigodão bonito. Para mim, a ausência daquele bigode equivaleria a uma alma ceifada. Era sua antena, seu modo de ser e estar no mundo. Andava com uma garrucha niquelada calibre 22, o cabo entalhado por ele. Todos o estimavam e o respeitavam por seu jeito amoroso e educado e ninguém se metia a besta com ele. Ninguém bancava o engraçadinho, pois, apesar da polidez, do amor, da lucidez, era homem de levar certas coisas a sério. Por exemplo, suas filhas. Tinha duas, jovens e bonitas, além de meu pai e de um menino alguns anos mais velho que eu. Sim, aquele menino era meu tio. O caçula do meu avô, pouco maior que eu, não ia com a minha cara. Ciúme, diziam.

...

A – Meu avô, apesar de tudo, era sujeito a destemperos

pouco tolerante a desrespeitos. Uma vez deu uma sova em dois marmanjos, em plena praça pública, pois soube que tinham assoviado (fiu-fiu) para minha tia mais nova quando essa voltava da igreja. Quase nunca sacava a arma, usava apenas os punhos. Era um brigador nato, mas só quando isso se fazia estritamente necessário, eis o charme do velho. Em sua alma achava-se entranhado um extraordinário instinto de defesa, que não só praticava como ensinava aos outros. Era um notável professor de autodefesa e defesa das pessoas que amava e dos oprimidos e injustiçados; tudo o que ensinava tinha aprendido na vida. Era doce e pacífico até que pisassem o calo dele ou de alguém da família ou de algum amigo ou desconhecido em desvantagem. Todo tipo de injustiça o exasperava. Naquela época era ainda possível cultivar o gosto pela justiça e pôr em prática certos atos. O senso moral do velho era de uma firmeza a toda prova.

...

A – Quanto ao meu tiozinho, um chato desalmado. Não podia me ver com seu pai que punha-se a fazer cenas, criar climas, quebrar coisas. Sempre me ameaçava com algum ardil e nunca se conformava com o fato d'eu ser mais esperto e carismático que ele. Meu avô encarava aquilo como uma saudável rivalidade entre meninos e sua atitude sempre fora a de contemporizar as contendas entre nós.

...

A – Mas voltemos à oficina. Estávamos, eu e vovô, envoltos na névoa de pó. Uma fenda de sol nos iluminava. O velho mostrava como fazia, com o maçarico, pequenos objetos com cera de moldagem. Naquele instante, moldava para mim um cavalinho de cera vermelha. Esse instante, esse em que meu avô moldou com infinita paciência o cavalinho com a chama do maçarico... Eis o primeiro ponto luminoso da história. Depois do cavalinho, um boi, uma cabra, uma galinha, cada bicho com cera de cor diferente. Enquanto trabalhava, ficava a admirar seu silêncio, os gestos, a respiração, o reservado contentamento. Cada vez que se abaixava para ofertar-me sua obra, – exibindo-a com indisfarçável alegria por saber o quanto aquilo me fascinava – olhava-me com um sorriso discreto, o bigode emoldurando os dentes alinhados da dentadura, e dizia: "Faça seu próprio curral. Nunca deixem fazê-lo por você." Respondi: "Mas esses foi meu avô que fez." Redarguiu: "Diga que foi você." Eu disse: "Mas aí *era* mentira." Ele arrematou: "Mentir é bom quando ajuda a conseguir o que queremos, se o que queremos é bom. Se é ruim, não há verdade que preste." Ali, protegido pelo afável gigante dos meus primeiros anos, raras sensações me enlevavam. Como se a vida se descortinasse, brilhassem os sentidos e se encaixassem, feito mil quebra-cabeças desmontados ganhando forma no segundo seguinte, todos ao mesmo tempo. No esplendor de tal glória fugaz, aparece meu tiozinho. Tomou de minhas mãos meus bichos de cera e atirou-os contra a parede. Meu mundo desabou. Como num sonho, quando a onda gigante destrói tudo em segundos. Agarrei-o pelos colarinhos e empurrei-o com toda força em direção à bancada. Ele caiu por cima do tampo e espatifou-se do outro lado. Passei feito um corisco por baixo, entre os cavaletes, subi em cima dele e comecei a socá-lo no rosto; o primeiro no nariz, para atordoá-lo; depois na boca, no queixo, nos olhos. Só parei quando vi minhas mãos sangrarem. Esse momento, essa plenitude de raiva e poder, eis o segundo ponto luminoso.

B – *Fair is foul and foul is fair.**

A – Perdão?

B – Prossiga.

...

A – Meu avô cuidou do desgraçado. Trancou-se com nós dois no banheiro e pôs-se a limpar as feridas e a fazer curativos no crápula mirim. Não disse uma palavra, não deixou o filho reclamar, não tocou no assunto. Minha avó chegou a bater à porta para saber o que havia acontecido; meu avô não respondeu. Meu

---

*William Shakespeare ("Macbeth")

tio quis se queixar com a mãe, mas sob o poderoso olhar de repreensão de seu pai, tratou de calar a boca e chorar baixinho. Achei pouco. Devia ter quebrado os braços do cretino mimado. Achou que podia comigo só porque era alguns centímetros maior? Depois disso nunca mais se meteu a besta pro meu lado. Me olhava com medo e desviava. Uma vez disse a ele: "Da próxima vez arranco seu dedo e dou pros porcos comerem." Graças a essa surra, começou a respeitar os meninos da idade dele. Anos mais tarde, minha vó chegou a me agradecer. Disse que depois daquele dia o pestinha mudou da água pro vinho. Disse a ela: "Pois é, vó. Cavalo aprende na pancada. Gente, às vezes, também." Isso quem dizia era meu avô.

...
B – Próxima história.
A – Ainda não terminei.
...
A – Estamos naquela tarde encantada. A oficina, a surra, o banheiro. Depois do que meu tio ficou de castigo (bem feito) e fomos, eu e vovô, passear no pomar.
...
A – A casa dos meus avós tinha um quintal infinito. Nunca consegui esquadrinhá-lo, de tão grande. Além de porcos e galinhas, tinha lá duas ou três cabras, um bode, um galo e uns gansos, a grande horta de legumes e hortaliças e um pomar... Ah, o pomar... Pitangueira, jabuticabeira, goiabeira, amoreira, mangueira, tangerineira, limoeiro, jaqueira, cajueiro, caramboleiro, laranjeira, caquizeiro, maracujazeiro, tomateiro, meloeiro, abacateiro, bananeira, ameixeira... Contudo, o que mais me alegrava era a parreira de uvas. Grande, verde, dava uma sombra sem igual. Dela pendiam compridos cachos de uvas moscatel, doces de doer. Na ponta dos pés, eu esticava os braços para o alto, mas nunca as alcançava. Era lindo quando meu avô vinha por trás, de surpresa, e me levantava até os cachos.

...
A – Esse repentino voo até os cachos de uva, esse o terceiro ponto luminoso. Me empanturrava de todo tipo de fruta, depois tinha caganeira. Até a caganeira era boa. Na jabuticabeira, meu avô alertava: "Engole três casquinhas, senão depois não caga!"

4

B – Próxima.
A – Um cigarro antes.
B – Não.

Este homem. Será homem ou o quê? Indecifrável estranheza. Um livro grosso, fechado, a capa preta, sem título. Não pertence a este presente. E, parece, me oferece um presente. E se for a morte? Seus olhos indicam que, caso seja, será também um presente. Nada tenho a perder, penso. Mas tenho. A perder tenho minha vida, que não valorizo como deveria. Talvez por isso esteja aqui. Esse ser talvez queira saber o quanto valorizo a bênção de estar vivo. Mas e ele? Considera uma bênção estar vivo? Não creio. Ou, por outra, assalta-me a nítida sensação de que, para ele, tanto faz.

O que sei é que para mim, agora, tudo se reduz a um medo aterrador; digo, da morte; digo, do ato de morrer. Horrível morrer. Como sei? Já quase morri. Não tem a menor graça. Depois de morto não sei dizer. Mas a agonia do moribundo é algo de todo indesejável. Ninguém encara isso nos olhos, nem mesmo os inocentes, nem os plenos de coragem, os plenos de espírito e nobreza, nem mesmo os loucos. Não conseguir respirar, por exemplo. Debater-se em desespero, ciente de que *ela* virá. A aproximação da morte, por breve que seja, ao moribundo deve parecer eterna.

Por que estou a versar sobre isso? É um desejo? Haveria de ser? Mal tenho boas razões para ansiar por isso. Admito que alguns possam ter, mas, decididamente, não posso dizer o mesmo. Preguiça de seguir adiante? Isso todos têm. Cansaço? Um terno sentimento universal. Refiro-me, isto sim, ao profundo desejo de sumir de mim mesmo. De onde vem tal flecha?

B – Lestes o Eclesiastes?
A – De passagem.
B – Nunca se detém sobre palavras?
A – E por que deveria?
B – Somos feitos de palavras.
A – ...
B – Nunca foste atravessado por linguagens?
A – Linguagens não são só palavras.
B – Cedo ou tarde, tornam-se palavras.
A – Não entendo aonde quer chegar.
B – Já cheguei.

Este rematado engolidor de palavras! Começo a sentir raiva. Ele sabe, está bem ciente de minha sanha, mas não demonstra qualquer alteração; nem nos olhares, nem nos andares, nos respirares, nas poucas palavras... Poucas? Não, flagrante ilusão! Trata-se, antes, de uma espécie de pastor, um perverso pastor ansiando ver-me atraído por sua loquacidade silente. Crê que seu laconismo vá me infundir de curiosidade pelo que não diz. Safado. Canalha letrado. Eclesiastes? Enfia essa merda velha no rabo. NADA DE NOVO SOB O SOL.

B – *Aquilo que já foi é agora*
*Aquilo que há de ser foi outrora**
A – O que quer dizer?
B – Exatamente o que disse.
A – Por que para mim?
B – Por que por que por quê.

*Tradução: Haroldo de Campos

A – O que quer de mim?
B – Que conte sua segunda história.

Puberdade. Péssima passagem. Muitos desejariam pular essa fase. Conta-se que um santo apócrifo mereceu tal dádiva. Um teólogo obscuro faz alusão a um certo São *Puberius*, a quem Deus, por misericórdia, – ao vê-lo cumprir, ainda menino, seus ritos de automutilação – concedeu a graça de suprimir as terríveis agruras da adolescência, fazendo-o dormir dos 10 aos 22 anos. Doze anos de reconfortante sono pouparam-no de ver chegar o tsunami hormonal dos pubescentes. Dizem os relatos que fora um homem feliz, livre de torções agudas de caráter e, acima de tudo, de não se sabe quantas mil punhetas. Tente imaginar as implicações de tal abreviação. Ser poupado de estranhas coisas como:
sentimentos de profunda inadequação ao mundo e ao outro
ensino médio
bullying
revolta sem motivação
rivalidade inútil
paixão desgovernada
tesão incontrolável
espinhas na cara
pelos na cara e no resto
ilusão de autonomia
decepções anatômicas
enormes frustrações
ódios injustificáveis
violência gratuita
inveja excruciante
ciúme besta
vergonha dos pais
toda espécie de insegurança
primeiros sangramentos
descoberta do amor(?)

descoberta do sexo(?)
descoberta de que somos idiotas
etc.
Mas a nós, reles mortais, a fase vem. A tralha toda. Impiedosamente.

Ser um mancebo imberbe (o meu caso, há cinco décadas e meia) era não saber como se dirigir a alguém, o que dizer, como tratar, como se comunicar, como dar bom dia a alguém. Como se algo apertasse permanentemente minha garganta. Como se tudo estivesse ao meu alcance, mas nada me convidasse a jogar. Rigorosamente irrisória situação. Deveríamos nos apiedar dos adolescentes.

As lembranças do período são, de igual maneira, insignificantes.

Mas nem todas.

Algumas poucas salvam-se do caos da maré alta sem pedras pra se agarrar.

A única que me ocorre no momento...

Espera, comecemos de antes.

A – Lola Salles. Sim, minha parceira. Éramos não namorados, parceiros. Parceiros do crime, se quiser. Soa melhor. E não está longe da verdade.

...

A – Lindeza inominável, a de Lola. Diante dela, todos ficavam sujeitos a alguma espécie de perturbação. Muita luz pra pouco túnel. E levavam um bom tempo pra se recuperarem, de modo que, como parceiro dela, tive muito trabalho. Mas nunca me diverti tanto em toda a minha vida.

...

A – Eu era uma espécie de escravo de luxo da beldade, em todos os sentidos. Secretário particular, estudava suas disciplinas escolares e a ensinava (ela odiava professores), dirigia sua lambreta e a levava a todos os cantos da cidade, cozinhava para ela (receitas específicas), passava suas roupas, faxinava seu apartamento, fazia-lhe sexo oral nos momentos em que assim ordenava (tipo: "Me chupa. Agora."), penteava seus cabelos, pintava-os, dava-lhe banhos, massagens com óleos especiais que ela comprava (uma vez trocou 650 dólares por um vidrinho de óleo de baleia branca da Patagônia), punha-a para dormir, cantava baixinho para adormecê-la, ouvia pacientemente seus sonhos pela manhã, fazia seu desjejum enquanto ela tomava seu demorado banho matinal, ouvia em silêncio suas queixas existenciais, dava inteligentes e equilibrados conselhos a ela (de graça), ensinava-lhe piano/violão, comprava suas roupas, lia para ela os jornais do dia enquanto massageava seus pés (sim, eu conseguia), ia ao dentista em seu lugar, acompanhava-a ao ginecologista e entrava na sala de atendimento (condição dela, plenamente aceita pelo médico), dirigia seu Passat iraquiano (preto, 1986, 1.8 turbo), contava piadas nas rodas de amigas (lindas e animadas amigas) que ela organizava, fritava bifes para ela de madrugada etc.

...

A – Mas não fazia isso de besta. Não era de graça meu sacrifício. Tinha um preço. Alto. Que ela pagava. Lindamente. Plena e alegremente. Numa palavra? Sexo. Em duas? Sexo selvagem. Na hora do amor, eu fazia o que bem entendia. Acontece que era exatamente isso o que ela queria, de maneira que no fim das contas era tudo do jeitinho que a madame havia planejado. E o bobo aqui amava aquela mulher – posso dizer sem medo após tantos anos – como ninguém amou até hoje. Estou certo disso. Nunca perguntei a ela, mas estou certo. Uma de minhas poucas certezas.

...

A – Daí um dia ela ordenou: "Vamos acampar numa ilha deserta." Como dizer não a Lola? Não havia modo de negar seus pedidos. Era algo a ser feito. Se a visse uma vez, se a tivesse apenas avistado, ainda que do outro lado da calçada, compreenderias o

que tento dizer. Imperativo categórico: pesquisar mapas, arrumar malas e rezar. E, claro, agradecer. Aos deuses. A cada um deles.
...
A – E lá fomos, eu e Lola, para a Ilha do Mel, litoral paranaense. Aqui precisarei tergiversar. Sei que isso o irrita. Apesar disso (e talvez por isso), direi coisas sobre nosso modo de amar. Mais precisamente sobre meu modo de amá-la. Embora tivesse apenas 19 anos, era uma dama. Mais que dama, uma alma extraordinária. A dela devia ter, pelos meus cálculos, uns dois mil e trezentos anos. Seu *sex appeal* era de uma arrojada senhorita da segunda metade do século XVIII. Classe, fineza, refinada educação e elegância no jeito de ser e estar. Deves achar que estou a blefar, em vista da descrição anterior, na qual certamente a imaginaste mimada e mandona. Engano. Ela não me fazia de escravo. Antes, tão inteiramente carismática e envolvente que servi-la era apenas decorrência natural do fato de estar ao seu lado. Lola não era para qualquer um. Aliás, tampouco para mim. Dei sorte apenas. Então o amor que sentia era um troço que doía. A moça sabia disso e, via de regra, me tratava com a devida delicadeza. Não era preciso muita atenção para ver que eu era louco por ela. Isso apesar de meus heroicos esforços para que ela não notasse.
...
A – Contudo, por vezes a dama era cruel. Não comigo, com ela. Seu jeito de ser cruel me torturava. Ao ser cruel consigo mesma, me atingia em cheio. E se ressentia. Eu a tranquilizava: "Ok, eu aguento", mas sua lucidez não admitia aquilo. Não se conformava com o fato de sua autocrueldade me magoar às vezes. E por mais que eu dissimulasse, ela percebia. E sofria. E tudo virava um pandemônio a dois. O perverso mecanismo: ela se agredia, isso me agredia, eu escondia, ela percebia, ela sofria, eu a consolava, ela ficava com raiva, eu me aquietava, ela partia pra cima, eu reagia... e assim nos afundávamos. Tudo sem qualquer sombra de agressão física. Nossos jogos físicos (inclusive os

agressivos) eram de usos estritamente sexuais. Nessa circunstância (pandemônio a dois) a coisa se dava no plano puramente verbal, bem mais agressivo e perigoso que a pancadaria. Não que devêssemos partir pras vias de fato, éramos inteligentes demais pra isso. E eis o problema. Nossa retórica bélica era sobremaneira mais violenta, interessante, duradoura e excitante do que um possível repertório de porradas. Estava, portanto, estabelecido nosso ringue de longos *rounds* sem juiz nem gongo, onde por vezes cada qual se recolhia ao seu *corner*, ambos mudos, tristes e perplexos. Depois dormíamos um sono profundo de pura estafa de luta e, ao acordarmos, nos amávamos feito bichos.

...

A – Tentarei descrever Lola. Cabelos negros lisos até pouco abaixo da metade das costas. Pálida. Bochechas. Curvas. Grande. Esguia. Costas largas. Ancas salientes. Longas pernas. Tornozelos fortes. E arredondada, a bunda e o resto. Entre Botticelli e Rubens, talvez. Olhos cinzas. Boca vermelha. Um palmo de pescoço. Colo. Dentes. Dedos. Pés 37. Sutiã 40. Pele pura. Cintura. Pura proporcionalidade.

...

A – Veja: apenas uma tentativa. Nada disso diz como aparecia ao mundo aquela mulher. Só para que possas mensurar – em sua imaginação – o tamanho de minha angústia.

...

A – Ela também me amava, mas na levada escorregadia dela. Às vezes nem me olhava. Às vezes calava, se ausentava. Sua risada era bonita de se ver, meu coração pulava aos trancos. As lágrimas, fartas. Mas chorava em silêncio, sem drama. Gostava de filmes p&b e Billie Holiday. Colecionava chapéus e óculos e os combinava com graça e leveza. Jeans? Vez que outra. Vestidos? Um por dia, nunca a vi repetir. E tinha mania de botas. Até os joelhos. Só não fazia o gênero melancólico (pra parecer profunda) porque disse a ela que esse teatro não era bom pra saúde. E, ademais, porque, sem qualquer esforço, espalhava contentamento por onde passava, onde ficava, de onde saía e aonde chegava. Contudo, quando resolvia, nada a desatolava de seu charco de negra bile.

...

A – E fomos, enfim, para a Ilha do Mel em lua de mel. Beijos infindáveis no ônibus até Curitiba, pela BR116, depois Estrada da Graciosa, passando por Morretes, onde tomamos um porre de cachaça de banana que nunca mais saiu do meu sangue. Esse porre, as coisas que disse a ela nesse porre, as coisas que ela me disse... Eis nosso primeiro ponto luminoso. Minto, segundo.

B – Segundo?

A – O primeiro me esqueci de dizer. Ou melhor, já disse.

B – Qual?

A – Lola Salles. Ela, em si, era um fulgurante ponto de luz.

B – Preciso de um evento específico.

A – Com ela tudo era luminoso e específico.

B – Terás de escolher alguns.

A – Difícil.

B – Com essa moça, tal como dizes? Parece fácil.

...

A – Ao chegarmos a Pontal, notei que ela começou a esfriar. Não disse nada, fingi que nada. A sorte é que os amigos dela – em cujo chalé pernoitaríamos para apanhar a barca até a ilha na manhã seguinte – eram animados conversadores. Entrementes, Lola permaneceu quieta a noite toda. Abriu a boca só para comer; pouco, como sempre. Eu a olhava de soslaio sorridente, tentava incluí-la no papo; ela, com brandura, simplesmente não respondia. A nada. Bela e inexplicável ausência. Seus amigos não ligavam, conheciam-na o bastante para respeitar seus refluxos. Aquilo me exasperava. Tanto mais naquela circunstância: agradável, relaxante, baseado aceso, cerveja gelada, camarão frito, cachaça, sol, mar, simplicidade, ternura. O que mais queria Lola? Voar?

...
A – De noite, após todos se recolherem, bodeados de marofa e cachaça, tentei puxar conversa. O que mais me indignava era o fato d'ela parecer uma estátua morta (sim, mais morta do que certas estátuas), sentada na mesma poltrona, as pernas cruzadas, nenhum movimento, o olhar fixo em dois ou três pontos. Era acintoso. De deixar qualquer um atordoado, sem ter ideia do que fazer.
– Vamos pra cama, eu disse.
– ...
– Fala comigo, Lola.
– ...
– Por favor.
– ...
Ela me olhava com aversão (não por mim), ao mesmo tempo em que me alertava, em silêncio, para que não ousasse sentir pena dela.
– Está tudo bem, eu disse. Vamos dormir. Só dormir.
– ...
– Quer dormir aí?
– ...
Exausto demais para aturar aquilo, levantei-me e fui para o quarto. Ao notar que não voltaria para resgatá-la, ela disse, alto o bastante para ser ouvida:
– Você é um idiota, sabia?
Calmamente me despi e voltei para a sala, onde Lola estava esparramada num grande sofá de couro, de calcinha e camiseta. A imagem dela assim deitada era uma tela de Hopper que ele não pintou. Disse a ela:
– O que você quer?
– Morrer.
– Não posso ajudar.
– Vem cá, ela disse.

Aquele "vem cá" me gelava o sangue. A convocatória de uma deusa de instável humor. Para encarar aquilo era preciso uns cuidados. Problema: eu estava pelado (não consigo dormir de outro jeito) e ela seminua, estendida no sofazão. Acerquei-me, devagar como um felino, o que a excitou. Ela pediu, com perversa delicadeza:
— Posso te chupar? Bem devagar?
Dei uma de mocinha e disse:
— Só se me disser o que está acontecendo.
Ela disse:
— Não direi.
Eu disse:
— Me chupar vai te acalmar?
Ela disse:
— Hum hum.
Eu disse:
— Vai fazer amor comigo depois?
Ela disse:
— Vais fazer amor com minha boca.

E recebi o melhor *fellatio* de toda a minha vida. Esses 40 minutos, esses em que Lola aplacou seu desespero com meu pênis na boca... o segundo ponto luminoso.

...

A— Dia seguinte, acordamos agarradinhos no sofá, nossa pálida nudez a condecorar a reles decoração do chalé. Ao abrir os olhos, Lola murmurou (tinha essa mania, dizer inconveniências ao acordar): "O gosto do seu sexo me fez sonhar com coisas estranhas." Levantei-me e fui à cozinha passar um café.

...

A – Passar o café. Para mim, uma meditação. Pôr a água pra ferver, preparar o filtro, 3 ou 4 colheres de pó, encaixar o filtro de papel no suporte, depois na borda da garrafa térmica, ficar imóvel olhando a água se agitar, desligar o fogo pouco antes da bunção, despejar a água no pó com cautela, fazendo com que se envolva no pó de modo processual, sem sobressaltos. Importante aqui atentar para o ritmo do caimento da água: nem rápido nem lento; rápido impede o namoro entre a água e o pó, o que torna o café um chocho; lento faz da bebida uma tinta pretamarga que poucos apreciam. Contudo, se executado com calmo rigor, a bebida causa frêmitos. Amo ver a expressão de um recém-acordado após o primeiro gole: não há quem não se enleve, de um modo ou de outro.

...

A – Estendi a caneca de metal a Lola. Ela a apanhou com displicência, deu o primeiro gole, seus olhos cintilaram e ela ciciou "Puta que pariu. Me ensina a fazer esse café um dia?" Eu disse: "Nunca." Ela disse: "Amo você com todo o mistério do meu coração." Eu disse: "Odeio você com toda a potência de minha perplexidade." Ela disse: "Me dê todo seu ódio e lhe darei toda minha confiança." Eu disse: "Um perigo esse negócio." Ela disse "Sem essa, bundão", e riu baixinho. E tomou o café em silêncio, sem me olhar, sua nudez uma ofensa persistente.

...

A – 9 da manhã. Embarcamos na traineira que nos levaria à Ilha. Durante o lento barulhento sacolejante navegar, Lola permaneceu no mais absoluto e inescrutável silêncio. Como me irritava aquele troço. Meu rosto formigava de raiva. Quem pensava que era pra se ausentar daquele jeito? Dir-se-ia alguém tramando um assassinato. Ou a própria morte, brutal e chocante. Ou um atentado hediondo contra aquela embarcação. Ou algo medonho contra mim. Sim, contra mim. Terrível trama para eliminar-me. E por que, Deus eterno? Por quê?

...

A – Aportamos. Ao estender a mão a Lola para ajudá-la a desembarcar, fui obrigado a ouvir: "Essa cara de caranguejo de capela não é pra mim não, né?" Foi o bastante. Ali mesmo, na

divina areia daquela praia, em meio aos turistas que ainda desembarcavam, tive um surto de cólera espetacular. Gritei de ficar rouco três dias. Não me recordo de todos os impropérios, mas alguns ficaram marcados à brasa na pele mais delgada do meu intestino:
ÉS UM MONSTRO MARINHO AINDA NÃO CLASSIFICADO
A VONTADE QUE TENHO É DE TE DEGOLAR DEVAGAR ATÉ VER SEUS OLHOS SALTAREM DAS ÓRBITAS COMO DUAS LESMAS SAINDO DA LAMA
DEVIA TE DEIXAR SOZINHA NESTA ILHA E SUSPENDER TODOS OS RESGATES ATÉ TE OUVIR IMPLORAR POR UM PEDAÇO DE PÃO SECO
TUA CRUELDADE NÃO ME INTERESSA, É FEIA SUA CRUELDADE
TEU SILÊNCIO NÃO ME INTERESSA, É DE MORTE SEU SILÊNCIO
A SÓLIDA PRESENÇA DE TUA AUSÊNCIA NÃO ME INTERESSA, É ESCURA A PRESENÇA DE SUA AUSÊNCIA
O QUE QUERES AFINAL? SER UM ALIEN? POIS SEJAS, MAS LONGE DE MIM
FICAREMOS EM SILÊNCIO NAS PRÓXIMAS 24 HORAS; SE ME DIRIGIRES A PALAVRA, JOGAREI AREIA NOS TEUS OLHOS ATÉ QUE NUNCA MAIS ME VEJAS
Essa sanha, essa na qual destilei violentos ultrajes a Lola, arrastado por uma ira de fazer inveja a deuses ressentidos... Essa a terceira cratera luminosa dessa história.
...
A – Saí andando na frente, deixando-a para trás. Ao checar minha retaguarda, avistei Lola em conversa animadíssima com três belos babacas. Mas a vanguarda aqui manteve o ritmo e a calma. Passado algum tempo, ela me alcançou.
– Hei, mister showzinho.

Joguei areia nos olhos dela. Foi tão rápido que não teve tempo de fechá-los. Gritava feito uma filhote de foca, as mãos no rosto:
– Estou cega!
– Você é cega, meu bem.
– Seu merda! Vou te matar!
– Quer meu canivete?
– Não me deixa aqui! Socorro!
– Bom demais te ver perder o controle.
– Covarde filho da puta!
– Mais um palavrão e te faço comer areia pra limpar essa boca suja.
Ela correu ao mar para lavar o rosto. Tentei impedi-la, mas era tarde. A água salgada misturada à areia fez de seus olhos duas bolas de fogo. Urrava tanto, a pobrezinha, que os turistas logo se acercaram. Alertei: "Tudo bem, sob controle, eu cuido dela." Lola esganiçava:
– Não me deixem com esse cara! Ele é louco de pedra!
Um engraçadinho metido a herói quis intervir:
– Algum problema, amigo?
– Não sou seu amigo. Não é problema seu. Obrigado.
– Parece que tu não tá dando conta.
– Só parece. Fica frio. Fica na sua. Tá tudo bem.
Lola protestava, se contorcendo:
– Me tira de perto desse maníaco!
O herói fez sua última tentativa:
– Tudo bem mesmo? Certeza?
– Minha única certeza é que ninguém devia se meter.
O cara se afastou. Alcancei Lola, tomei-a pelo braço e levei-a até o bar mais próximo. Estava comicamente alterada:
– Não me toca, cretino! Cavalo! Cuzão!
– Ó a boca. Tou com areia na mão.
– Experimenta fazer isso de novo! Experimenta!
– Grita menos.

– Cala a boca! Me solta!
No bar pedi um pouco de água potável e cuidei dos olhos dela. O dono ainda me ofereceu um colírio, verdadeiro milagre num lugar como aquele. Saímos dali, cada um com uma lata de cerveja nas mãos.
...
A – Seguimos em silêncio até a pousada. O sol escaldava. No caminho notei que Lola chorava, não sei se de dor ou desgosto. Foda-se. Que se foda essa mulher, pensava. Que se exploda toda. Se algo a abduzisse dali, num instantâneo, juro que minha reação seria um nada.
...
A – Os olhos de Lola. Profundos, vermelhos, perigosos, anunciavam uma *katastrophe* iminente. Muito medo, com muito medo fui ficando. Controlei-me até onde pude. No momento em que anunciamos ao recepcionista da pousada nossa reserva e ele, impassível, nos disse que nossa reserva não existia, deixei vir à tona todo meu mau pressentimento. Trêmulo, disse a ela:
– Você não fez a reserva?
Ela disse:
– Fiz. Mas o diabo desfez.
Saí apressado da recepção. Precisava de ar.
...
A – Um tempo depois ela se aproximou. Meu medo cresceu como uma vertigem. Fiquei tonto, quase desmaiei. Precisei apoiar-me numa árvore. As árvores, pensei, são amigas dos aflitos. Ela disse:
– Estamos na rua. Um cara me disse que, se quisermos, podemos acampar no quintal da casa dele.
– Não temos barraca.
– Ele tem. Disse que empresta pra nós.
Gaguejante, eu disse:
– Estou com medo.

– Você e seu medo...
– É um pressentimento horrível, um daqueles.
Um rapaz se aproximou. Bonito, alto, forte, bonito o rapaz. Olhos extraordinariamente penetrantes. Mirou Lola e disse:
– Então? Vamos? Moro logo ali.
O galã não se dignou a me olhar. Ela saiu na frente, conversando com ele. Fiquei um tempo apoiado na árvore, tentando me recompor.
...
A – Perfeito o quintal do rapaz. Gramado, plano, aprazível, bem cuidado. Tinha um banheiro decente, à nossa inteira disposição. Ele nos trouxe a barraca, ajudou a montá-la etc. Enquanto isso, Lola falava sem parar. O rapaz a admirava, entre sorrisos, bonito o sorriso do rapaz. Quando Lola decidia solar, o mundo se rendia, atento. Falava bem, a danada, breves sentenças concatenadas por um fluxo agradável, quase hipnótico. Não abri a boca. Ao terminarmos, olhei o iglu esticado, Lola trocando figurinhas com o rapaz a alguns passos dali... e pensei: "Esmola grande, santo desconfia." Meu medo triplicou.
...
A – Quando estou com medo o mundo ganha cores e contornos de luzes bruxuleantes (odeio essa palavra, no plural ainda mais), porém de outra natureza, ausentes de brilho. Dir-se-iam sombras de luz. O mundo é mergulhado num fantástico cenário de sombras tremeluzentes, de uma cintilância escura e de cores queimadas. Deu pra ver? Claro que não. Visão minha, problema meu. Na boca um gosto permanentemente amargo. Um ácido ph inflaciona minhas células. Brevíssimas premonições pipocam minha íris de imagens de fogo. Ouço sons, repentinos estalidos, agudos e perfurantes. Se alguém fala comigo, sou surpreendido por uma pastosa confluência de cacofonias. Se alguém me ignora, sinto-me forte como um touro na arena.
...

A – Noite fria. Céu coalhado de estrelas. Lua ausente. Lola deitada na barraca. Faço uma sopinha para nos aquecer. Os insetos em suave orquestra. Murmurejar de ondas ao longe.
– Toma uma sopa?
– De quê?
– Sopa.
– O que tem nela?
– Macarrão, atum, milho. Ervilhas.
– Não, obrigada.
Tomo a sopa fora da barraca, uma touca de lã me protege do sereno. Ela:
– Tesão absurdo.
– ...
– Vai dizer nada?
– Quer ouvir o quê?
– Entra aqui. Tira minha roupa.
– ...
– Não?
– ...
– Por quê?
– Sem vontade.
– Eu te deixo com vontade.
– ...
– Vem cá.
– ...
– Frio aí fora.
– ...
– Aqui dentro tá quentinho.
– Dorme, Lola. Dorme aí.
– Vem cá.
– ...
– Vou aí te buscar, hein.
– Não venha.

– Tá putinho?
– Estou ótimo.
– Não parece.
– ...
– Quer saber? Se não quer, tem quem queira.
E fez o que, cedo ou tarde, faria. Levantou-se, vestiu-se e foi à casa do bonitão. Não movi um músculo: quieto, pitando meu baseado, olhando o céu... Ah, estrelas, salvem-nos dessas patacoadas. Ouvi-o abrir a porta: "Lola, que surpresa." Surpresa é o caralho. Foi coisa combinada. Sem palavras, só com olhares, eis a mágica. Ele fechou a porta. Fumei meu baseado, apaguei o lampião e enfiei-me no saco de dormir. Fodam-se.
...
A – Lola me acordou de madrugada. Parecia aborrecida. Um tempo depois de se ajeitar para dormir, provocou:
– Não vai dizer nada?
– Foda-se.
E voltei a dormir.
...
A – Acordei com os gritos dela. Como uma pantera, rodopiava no interior da barraca, desesperada. No canto do pequeno iglu, uma bolsa térmica ardia em chamas. Nem pensei: agarrei o fogo com as duas mãos e arremessei-o longe. As chamas chegaram a lamber um pedaço da barraca, que derreteu em segundos. Lola só parou de gritar quando viu o estado de minhas mãos, cobertas de queimaduras. Ao voltar de sua aventura, acendeu uma vela dentro da barraca e esqueceu-se de apagá-la.
...
A – Em menos de um minuto os vizinhos acorreram, todos muito prestativos. O bonitão, trajando apenas uma samba-canção, abraçou Lola e não tomou conhecimento de minhas mãos em carne viva. Sorte foi que uma de suas vizinhas, gaúcha pra lá de interessante, compadeceu-se do meu estado e me levou ao seu

chalé, onde emplastrou minhas mãos com picrato de butesin e as enfaixou com zelo e carinho. Natália o nome dela. Convidou-me a dormir ali. "É pequeno, mas pode ficar aqui", disse, apontando para o sofá ao lado de sua cama. "Já dei trabalho o bastante por hoje". "Faço questão", arrematou, enquanto ajeitava o sofá pra eu me deitar. "Obrigado, você é muito gentil". "Imagine". E após breve pausa: "Tudo bem pra sua esposa?" "Ela é minha irmã". "Ah, então não vai se importar". "Claro que não". Esse momento, que intimamente intitulo A VINGANÇA DA CADELA MANCA, o quarto ponto luminoso da narrativa. Lola chegou a me chamar da varanda do chalé da gaúcha:
– Está tudo bem?
– Tudo ótimo.
– Vai dormir aí?
– Vou.
– Não quer saber onde vou dormir?
– Não.
– Desculpe.
– Tá tudo bem.
– Obrigado.
– Por quê?
– ...
– Fiz o que qualquer idiota faria. Fosse menos idiota, teria te arrancado da barraca e apreciado a fogueira. Boa noite, Lola.
– Espera. Não gosto quando fica assim.
– Foda-se.
E fechei a porta. "Tudo bem com sua irmã?" "Ela não é minha irmã". "Eu sei", ela disse. E me beijou na boca. Trepamos o resto da noite. Esse o quinto ponto luminoso: a gaúcha me cavalgando e minhas mãos enfaixadas flutuando, sem poder tocar naquele corpo inacreditável.

B – É isso?
A – Impossível não mentir um pouco.
B – O que chama de mentir?
A – Não poder ser preciso.
B – Isso só o seu deus. Ou nem ele. Em frente.
A – Como estou indo?
B – Melhor que muitos.
A – O que quer dizer?
B – Só o que disse.
A – Pessoas não sabem contar suas histórias?
B – São péssimas nisso.
A – Por quê?
B – Não sei.
A – Não são criativas?
B – Criativas... Nada é mais letal pruma história.
A – Então não sou o tipo criativo?
B – És o tipo narrador razoável.
A – Nem tanto.
B – Não se convença. Convença a mim. Próxima.
A – Me deixa respirar.
B – Estou te sufocando?
A – ...
B – Na primeira narrativa destacaste três pontos. Na segunda, cinco. Quero sete na terceira.
A – Regra no meio do jogo?
B – Sete. Prossiga.

Sete pontos luminosos? Em plena vida adulta? Maturidade não gera boas histórias. Um velho amigo encenou uma peça, "A Vida em Quatro Tempos". Ao escrever o texto, deu-se conta de que tinha bons episódios a contar sobre infância, adolescência e terceira idade. Frente ao tema "vida adulta", deprimiu-se. E me indagava: "Qual é a vantagem de ser adulto? Não vejo nenhuma." Tinha alguma razão. Crianças, jovens e idosos têm lá suas precedências. Adultos? Que se virem. Na antiguidade, os gregos chamavam essa fase não de maturidade, mas de "virilidade". Disse ao meu amigo: "A vida adulta é a época dos feitos heroicos", o que o acalmou. Dois dias depois me ligou, novamente deprimido: "Nada fiz de vagamente heroico na vida." Objetei: "Não se se comparar a Teseu."

Para mim vida adulta é:
NÃO TESEU, SIM TESÃO
SEM TESÃO, SEM SOLUÇÃO

Uma coisa é certa: se encararmos a maturidade de pau mole, estaremos fodidos e mal pagos. Via de regra, eis o problema: sujeito trabalha pra pagar contas e criar filhos, e vão-se pelos ralos seus planos, ideias, ideais, paixões, liberdades, irresponsabilidades. Esvai-se a seiva. Fica o quê? O que resta ao ser adulto? Possível resposta: "Me esfolo, trabalho feito escravo para enriquecer boçais, pago contas, impostos, planos de saúde, escola das crianças, cartões de crédito, taxas altíssimas de juros aos bancos (*O que é o assalto a um banco comparado à fundação de um banco?**)... E isso tudo pra quê? Para assistir tv à noite? *Fuck them!*"

Por essas e muitas outras, sustentarei que a única vantagem de ser adulto é SER LIVRE. Use seu dinheiro como bem entender, seu tempo como melhor lhe aprouver, monte em sua super moto e viaje com os amigos para o Atacama, dispense empregos fixos, não se case, evite morar no mesmo lugar por mais de três anos, não se apegue a filhos, animais, projetos ou afetos. Diga-se, noves fora sua condição financeira: "Preciso conhecer Casablanca". Eis a liberdade. Não é pra qualquer um. Exige demais. E nos leva a abrir mão de todo o resto.

Após quatro casamentos, decidi parar de me casar. Estive casado dos 20 aos 48. Quatro etapas de 7 anos. Nas quatro esfor-

*Bertold Brecht ("Die Dreigroschenoper")

cei-me bravamente para não me repetir. Nas quatro revivi, de modo vagamente diferente, a mesma história: encontro, paixão, ardência, amor, esfriamento, decadência e morte. Nas quatro tornei-me irmão de minhas parceiras. Nas quatro me ressenti demais ao separar-me delas. Como se aquilo não devesse acontecer. Como se a culpa fosse toda minha. Como se fosse eu o incapaz de dividir, o incapaz de me aquietar, o incapaz de assumir, o incapaz de procriar. Não tive filhos. Minha linhagem morre comigo. Não sinto nenhum conforto ao dizer isso. De uma solidão esmagadora esse negócio. Um porre, merda sem graça. Que outros prefiram assim não diminui minha dor, nem faz de minha sina um bom caminho. Não escolhi nada, as coisas simplesmente foram assim. Escolhi foi romper com esse karma, a interminável ciranda de início-meio-fim. Chega de sofrer, de levantar castelos e chutá-los, de fazer outros sofrerem, de fracassar. Chega.

Hoje, aos 73, dou-me conta de que vivi 28 anos casado e 25 solteiro (dos 20 para trás não conta, pois nada consta). Se quisesse, poderia rabiscar a tabelinha:
CASADO SOLTEIRO/VANTAGENS DESVANTAGENS
Mas não quero.
É idiota.
Estar casado é trágico.
Estar solteiro é triste.

B – Difícil começar?
A – ...
B – Não me obrigue a ser condescendente nessa altura do jogo.
A – Me perdi em reflexões inúteis.
B – Não foram inúteis.
A – ...
B – Tire daí sua história.
A – Não há história implicada em minhas reflexões.
B – Muitas, se quiser.

A – Como sabes?
B – Pensas alto demais.

Não cairei na armadilha de crer que ele é capaz de ouvir meus pensamentos. Blefe.

B – Conte-nos uma de suas desilusões amorosas.

Babaca. Acha que pode me impressionar com seu joguinho de adivinhação.

B – Não preciso impressioná-lo. Não sou adivinho.
A – Isso é trapaça!
B – Chame do que quiser. Não posso evitar.
A – Seus sete pontos me intimidaram.
B – Ok, retiro a regra. Conte sua história. Se não alcançar os sete pontos, tudo bem. Se alcançar, melhor pra você. Só não o aconselharia a mentir.
...
A – Não saberia dizer se é trágica ou engraçada essa história. Ambas talvez. A linguagem nunca é o bastante para comunicar acontecimentos, sentidos, sutilezas, luzes, cores, formas, pensamentos. Um mapa estéril que traçamos para não perder as coisas, para tentar retê-las, para que tenham algum contorno de sentido e para que o caos não as devore.
B – Não filosofe. Narre.
A – Sabe o que dizia um escritor? *Quer filosofar? Escreva um romance.**
B – Inútil tentar refletir.
A – Se é inútil refletir, tanto mais descrever. Não faço distinção.
B – Nos dois casos, a subjetividade é a norma. Descrever é menos fantasioso.

*Albert Camus

A – Já ouvi descrições bem mais delirantes do que certos tratados filosóficos.
B – Que as suas não sejam por demais.
A – Não há descrição que não seja uma perspectiva. Nem narrativa que não seja um sonho.
B – Prossiga.
...
A – Tatiana. Terceiro casamento. O que jurava ser o último. Na ocasião, desempregado e quebrado de grana, decidi morar com os pais dela. Sabemos todos que é uma cilada, mas entramos de corpo e alma, eis o mais estranho. O ser humano não quer a felicidade. Apenas procura, desesperado e sem razão, sarnas pra se coçar.
...
A – A casa dos pais de minha esposa era um mausoléu que eles chamavam de mansão. Os ricos decadentes... Tão típicos de nossa cultura colonizada: cegos e vazios. O que mais pasmava era a forjada jovialidade de seus pais. A mãe uma burguesa clássica, em cuja testa piscava, em maiúsculas, ALGUÉM ME FODA COM FORÇA POIS SOU MAL AMADA. O pai, empresário bem-sucedido, infeliz a se dedicar 24 horas por dia ao trabalho, não tinha tempo para nada. Nos fins de semana, trancava-se em seu escritório, a ler romances clássicos para abrandar a solidão e o cinismo. Era metido a escritor. O irmão caçula, metido a besta, estudante de belas-artes, se dizia um "Gauguin incompreendido". A irmã mais velha, uma encalhada. De uma apatia colossal, vestia-se mal demais pruma solteira (uns vestidos largos, sempre em desalinho); formada em direito e relações internacionais e decidida a atuar como diplomata. Graças ao bom senso das embaixadas era sempre reprovada nas entrevistas, o que a levava a passar o dia em casa, cuidando do jardim e ocupando-se com álbuns de família.
...

A – Tal adorável família tinha um mordomo. Sim, um mordomo. Gigante, muito branco, longilíneo e assustadoramente bonito e sedutor. Ao vê-lo, dei-me conta de que destruiria aquela família como uma bota esmaga uma barata. Certas almas prescindem de responsabilidade e culpa. São, nas palavras de um tio cego, "lisas como o diabo". Terêncio o nome do mordomo. Espécie rara de fleumático perigoso, vagava pelo casarão à procura de afazeres, mas o que de fato fazia era cuidar dos desamparados. Eram todos, de uma forma ou de outra, estranhamente dependentes dele, como um recém-nascido das tetas de sua genitora. A mãe não vestia um sutiã sem antes consultá-lo; o pai se comprazia em ouvi-lo ler longos trechos de Tolstói, Stendhal e Flaubert; o caçula usava-o como modelo em seus delírios pictóricos; a encalhada adorava passear entre as aleias do jardim, de braços dados com o gigante, na nítida ilusão de estar acompanhada pelo marido. Quanto a Tatiana, aparentemente era a única a não se importar com ele (não em minha presença, em todo caso). O enigmático mordomo – inteligente, carismático, educado – era uma constante ameaça a todos, inclusive a mim, que o evitava deliberadamente. Nem a copeira e a faxineira, duas rematadas evangélicas, escapavam aos encantos do burlador do lar.

...

A – Certa feita, ao passar pela área dos fundos, reino de Terêncio (onde sua modesta casinha brilhava como uma cilada de contos de fada), ouvi sussurros acintosos. Parei e apurei os ouvidos. Reproduzo aqui, com a máxima fidelidade, o que ouvi:

– Tira, tira logo!
– Calma.
– Não vai dar tempo, deixei a carne na pressão.
– Você tem três minutos.
– Três? Não dá tempo.
– Eu faço dar.
– Ó... Faz aqui, tá?

– Faço onde quiser.
– Aqui, aqui. Se melar meu cabelo vou ter que tomar banho.
– E daí?
– A patroa vê. Percebe. Faz perguntas.
– Foda-se a patroa.
– Foda você. Aquela vaca adora esse...
Breve silêncio.
– Meu Deus!...
– Põe na boca.
Breve silêncio.
– Devagar. Só a cabeça.
Silêncio. Três minutos depois:
– Faz, faz... Aqui ó, aqui!...
Silêncio total. O filho da puta não gemia nem pra gozar.
– Chega, chega!...
– ...
– Meu Deus, para!...
Breve silêncio.
– Ai ó! Me deu um banho!
– Ótimo. Não precisa tomar banho.
– Tem uma toalha aí?
– Use isso aqui.
– Ai, meu santo. A patroa vai sentir o cheiro.
– Vai sim. E vai gostar.
Menos de um minuto se passou. Escondido atrás de uma árvore (que chamaremos de "Tronco de Terêncio"), vi a copeira sair em disparada da casinha do prazer, descabelada e lívida de desejo. A seguir, o macho alfa deu o ar de sua graça na pequena varanda, ajeitando a jeba na cueca com deslavada cara de pau. O que mais impressionava era o tamanho de suas mãos. Gigantes, ossudas, fortes e transparentes, de tão brancas. A simples visão daquele par de mãos encharcaria uma fêmea desavisada em segundos. E súbito me dei conta: estava com tesão por Terêncio!

Como?! Nunca sentira a mais vaga atração por homens. Maldito mordomo. Comecei a fazer planos para eliminá-lo. O devastador de lares me fez perceber duas coisas abomináveis: que tenho uma queda por homens de mãos excepcionalmente grandes... e que sou homicida. Muita raiva. O Diabo o forjara com requintes de sórdidos detalhes e o enviara àquela família. Não me restava outra alternativa senão fazê-lo desaparecer. Mas como? Era grande demais. Para matá-lo e enterrá-lo seria necessário uns três como eu.

...
A – Enquanto urdia meu plano, observava a distância os absurdos mais descabidos. Minha esposa fingia que nada. Passei a desconfiar que também ela mamasse naquela vara; ou, mais provável, talvez abrisse as pernas para o monstro (receber sexo oral, a tara de Tatiana). Narrarei apenas alguns episódios. Se contasse tudo o que vi... Algo que se relatado a um confidente ou numa roda de amigos, causaria surtos de cólera e indignação; a alguns quem sabe um certo prazer, mas somente aos severamente degenerados.

...
A – Um breve episódio para cada infeliz. A MÃE. Com ela o mordomo era implacável. Pela fresta de uma janela entreaberta, munido de um binóculo que peguei emprestado de um amigo e escondido num desvão do jardim, divisei a seguinte cena: Terêncio a amarrara numa tábua de passar roupas, em decúbito ventral. Com um fio de ferro elétrico chicoteava a vasta bunda. As chicotadas doíam em mim. Ela rogava por mais, mais e mais. Ele não perdoava: a cada chibatada, filetes de sangue escorriam pelas pernas da dominada, que não dava um pio. Nem expressão de dor esboçava. Ao revés, sorria a cada castigo, exibindo lindos dentes e, literalmente, babando de prazer; não uma babinha qualquer; a saliva escorria de sua boca como a água de uma torneira que esqueceram de fechar direito. Algum tempo

depois, o monstro desapareceu do meu campo de visão; foquei no rosto da mãe, que falava sem parar, a implorar por algo. Então vejo o mordomo entrar em quadro novamente, com aquela coisa nas mãos... Sim, nas mãos, pois para segurar aquilo uma só não bastava. No susto, cheguei a tirar o binóculo dos olhos. Não era possível. Voltei a espiar. Era possível: o gigante esfregava lentamente sua caudalosa piroca no rego machucado da mãe, levando-a a urrar de júbilo. A seguir, empurrou a cobra nádegas adentro, fazendo-a sumir. A julgar pela expressão dela, aquilo foi curra anal. Os gritos ecoaram por todo o bairro, fazendo com que tudo o mais silenciasse. Parei de espionar. Suava frio, o coração na garganta. Cinco minutos depois, menos por curiosidade do que por desejo de fazer aumentar ainda mais meu ódio, voltei a olhar: deitada sobre a tábua de passar roupas, estática como uma defunta, a mãe recebia a farta gala do garanhão por todo o corpo.

...

A – O PAI. Já tinha visto, pelas frestas, Terêncio a massagear os pés do pai. Claro que havia estranhado, mas nunca se sabe; aquele senhor vivia reclamando de constantes dores nas pernas. Naquele dia o mausoléu estava vazio, apenas o escritório trancado. O mordomo não estava nem na casinha dos *Irmãos Grimm* nem vadiando pela mansão. Se tivesse, seria fácil vê-lo. O monstro era um fiel animal de estimação: jamais o vira sair de casa, nem em casos emergenciais; seu lugar era ali, nos limites da sombria morada, como se tivesse sido plantado naquele jardim. Como não o vi por ali, supus que estivesse trancado com o pai no escritório. Decidi fazer algo arriscado (nessas alturas já não me importava com o perigo): meti os olhos na velha fechadura da porta. Não deu outra: lá estava o gigante com a velha tábua de passar roupas, dessa vez alisando a ferro quente exuberantes trajes femininos. Ao que parece, aquela prancha era o sagrado fetiche de Terêncio, espécie de santuário libertino portátil que carregava de alcova para alcova, a fim de praticar suas licenciosidades com rigor de um Curval sadiano. Os trajes faziam parte de um vestido de corte do século XVIII, robe à la française feito de tecidos luxuosos ricamente ornamentados, com corpete rígido e decote oval. O pai estava nu, em pé ao lado do mordomo, com lágrimas nos olhos. Terêncio o vestiu pacientemente, atando botões e ajeitando anáguas e laços. Após vinte minutos, quando finalmente viu-se trajado dos pés à cabeça como uma frequentadora da Versalhes de Luis XIV, o pai pôs-se a cantar uma ária para soprano de algum italiano. Enquanto cantava e passeava pelo quarto, sob o fortíssimo aplauso do mordomo (aquele homem batendo palmas era algo perturbador!), passou a se alisar de modo ostensivamente obsceno. De repente ficou de quatro no meio da grande cama, arrebitou o rabo como uma rameira profissional e disse, a voz embargada de excitação: "Terê, meu amado. Faça o favor de salivar este anel dourado." E, mais uma vez, o gigante mostrou seu poder. Quando tirou a língua pra fora, jurei ter visto um grande lagarto rubro saindo lentamente de seu esconderijo. Aquele enorme naco de língua, viscoso e inquieto, agitou-se com delicada fremência no furico do cacique do pedaço. Tive que tirar os olhos do buraco, mal pude suportar aquilo. Como foram engrossando os gemidos do pai (e ouvi-o implorar, em laboriosa devoção, "enfie esta coisa aí"), não pude evitar de voltar à fenda da fechadura. E vi o chefe da família na posição frango-assado, a permitir que a língua do serviçal penetrasse fundo em seu reto (quanto ao Diabo, escreve torto por linhas retas). Sujeito é capaz de dar o último suspiro assombrado por tal visão.

...

A – O CAÇULA. Moleque idiota. Se me perguntasse algo, diria a ele: "És um moleque idiota, como tantos, vagando por aí a espalhar idiotices e idiotizando possibilidades." Felizmente, nunca me dirigira a palavra; como se eu fosse um câncer, como se eu não existisse, como se sua idiotia idólatra fosse inacessível à minha limitada compreensão, como se todo o brilho de sua miséria me ocultasse. Enfim, um perfeito idiota. Perfeito para a mais rara tara de Terêncio. O mordomo começou com as lâminas do "artista". Amarrou-o em sua prancha (decúbito dorsal) e passou a fazer pequenas incisões em suas coxas e virilhas. Com as mãos livres, o caçula lambuzava os dedos em seu sangue e deixava marcas vermelhas numa enorme tela branca ao seu alcance. Parecia não se importar com suas feridas, nem com o iminente risco do monstro acertar sua safena por descuido. Com ele o gigante sentia-se à vontade, variando os jogos ao seu bel-prazer. Desatou-o da prancha, atirou-o ao chão, colocou-o de quatro frente a uma tina transbordante, agarrou com força seus cabelos e enfiou sua cabeça n'água. Com a outra mão, passou a sodomizá-lo por trás; começou com o dedo médio. Necessário esclarecer que o dedo tinha lá seus 17 centímetros, o que naturalmente agitou a brincadeira. Quanto mais dedos introduzia no cu do coitado, mais tempo deixava sua cabeça imersa na água. Depois do polegar, pensei: "Ele não vai fazer isso." Fez. Aquela maldita mão – uma raquete de tênis – desapareceu no traseiro magro do infeliz. Mas o moleque curtiu. Ah curtiu, curtiu sim que eu vi. Vi bem. Estava lá, escondido atrás da cortina como um *Polonius* poupado, e vi. Tudo. Até o fim.

...

A – A ENCALHADA. Entre eles a coisa toda aconteceu debaixo de uma mangueira centenária, num lindo fim de tarde. Ao deixar cair o vestido, a irmã se revelou. Que corpo! Sublime perfeição curvilínea, de uma tez, de uma cor, de uma consistência... As sombras do crepúsculo desenhavam em sua pele corpos extraordinários. E dei-me conta: eis o tesouro do mordomo. E não somente. Ali o grandão comia miudinho. A fêmea parecia ser sua grande obsessão. Mais que isso, um território ainda não conquistado. O disfarce de solteirona desalinhada finalmente desabou: seu real intento sempre fora o de guardar-se para as garras do monstro, a quem amava e por quem era sofregamente amada.

Curioso vê-lo assim, um *Don Juan* fragilizado, cheio de dedos e agrados. Incrível a capacidade do "amor" de modificar drasticamente a dinâmica de atuação do indivíduo. Aparentava ser outra pessoa, entre sorrisos e afagos e gentis delicadezas. Nada transparecia da brutal depravação com a qual já havia me familiarizado. A irmã reagia passivamente, mas sua fleuma habitual adquiria contornos de evidente sensualidade frente ao amante. Era uma indiferença dominadora, a exercer sobre o gigante um fascínio hipnótico. O *Gulliver* deitou-se na terra lamacenta. Impassível, ela se sentou no rosto dele. Teso a ponto de exibir uma sólida ereção, Terêncio deixou-a sufocá-lo por um bom tempo, chegou a ficar roxo de asfixia. As expressões de prazer da irmã deveriam ser escaneadas e estudadas; ou guardadas num banco de dados intitulado "De como o prazer alheio pode nos humilhar". O mordomo gozou tanto que, mesmo na posição em que estava, atingiu em cheio o rosto extasiado da amante.
...
A – TATIANA. Apesar de tê-la vigiado com regularidade, nada vi que pudesse comprometê-la. Ela, não poucas vezes, trocou palavras com Terêncio, mas apenas para orientá-o em relação a alguma tarefa doméstica. Minha vida conjugal na cama ia bem, obrigado. Pudera. Mobilizado como estava por aquele festival de taras, não era de se estranhar que meus hormônios andassem alvoroçados. Uma noite, após o coito, fumávamos juntos um cigarro e decidi tocar no assunto, a ver como ela reagia:
– E esse mordomo, hein?
– Que é que tem?
– Você não sabe?
– Tanto quanto você.
– Ele é estranho.
– Ele é da família.
– Muito estranho.
– ...

– Não acha ele estranho?
– Quem não é?
– Eu não sou.
– Não?
– Não como ele.
– Ele é fiel.
– Fiel? A quem?
– Ah não, sem paranoia...
– Fiel a quem?
– À família.
– Andei investigando.
Um silêncio de vento zunindo pela janela.
– Ouviu o que eu disse?
– Sim.
– Não quer saber o que eu vi?
– Estou com sono. Vamos dormir.
Virou-se para o lado e, em menos de um minuto, pôs-se a roncar. Ela andava chupando aquela pica. Ou sendo sugada pelo monstro, seria capaz de apostar! Não consegui pregar os olhos. No dia seguinte, poria em prática meu plano para eliminar o bandalho sedutor.
...
A – Dia seguinte, café da manhã. Todos à mesa comendo e bebericando em silêncio. O pai na cabeceira, o jornal aberto: "Tremor de terra abala São Paulo". Toque de campainha. Era a hora do carteiro, momento particularmente curioso, pois todos entravam num sutil transe de excitação e expectativa, como se o mordomo fosse adentrar o salão e entregar a cada um deles a carta mais importante de suas vidas. Terêncio adentrou o salão. Tinha nas mãos apenas um telegrama; segurava-o com uma expressão entre perplexa e feliz; todos o encararam, a indagar a quem seria endereçado. Para surpresa de todos, o gigante simplesmente abriu o envelope, leu a mensagem e se calou. Instalou-se na mesa

um suspense de cinema, em meio ao qual ele disse: "Devo partir. Desejo felicidades para todos." Depois do que nos deu as costas e deixou o recinto. Assombro geral. Nem mesmo eu fui poupado do golpe. Sei que cada um ali tinha sérios motivos para se desesperar, mas ninguém sentiu, tanto quanto eu, a porrada do destino. Não poder matar aquele homem foi, para mim, o desapontamento mais aflitivo de toda a minha vida. Minutos depois – durante os quais ninguém moveu um músculo – todos acorreram à janela. Metido num elegante sobretudo negro que lhe cobria até os sapatos, Terêncio deixou a mansão. Levava consigo apenas uma pequena mala e um caderno grande e grosso, em capa de couro. Um arrepio de desalento percorreu o ambiente, deixando a todos profundamente prostrados. Subi para o quarto e me pus a arrumar minha mala. Tatiana veio atrás.

– O que está fazendo?
– Para mim chega. Vou pra casa da minha avó.
– Sua avó está doente.
– Eu cuido dela.
– Por que isso agora?
– Não quero estar aqui pra ver o caos.
– Preciso de você.
– Pra cuidar dos enfermos? Tou fora.
– Você consegue pensar em mim um pouco?
– Em você sim. Com a sua família não quero nada.
– Somos felizes aqui.
– Felizes? Isto é um manicômio.
– Não exagera.
– Até quando vai fingir?
– Não posso abandoná-los.
– Você sabe onde me encontrar.
...
A – Menos de um mês se passou e recebi tristes notícias do mausoléu. Na ausência de Terêncio, a família havia enlouqueci-

do e Tatiana caído na estrada, à procura do mordomo. Inacreditável. Que tenha se perdido por aí atrás daquela aberração para salvar os parentes, ok. Mas sem sequer me avisar? Localizei-a por intermédio de uma amiga em comum e lhe enviei um telegrama: "Não me procurePT Mandarei pelo correio papelada do divórcioPT Não aceitarei escusasPT". Não tive mais notícias dela. Intrigado, voltei à mansão, a ver se conseguia descobrir algo. Encontrei a irmã. Estava sozinha no jardim, vagando entre flores murchas, visivelmente perturbada. Esquálida e muito abatida, trajava um longo vestido de festa, sujo e amarfanhado, que provavelmente não trocava há um bom tempo.
– Notícias de sua irmã?
– Irmã?
– Tatiana.
– Morreu.
– ...
– Morreu de amores.
– Por quem?
– Pelo grande homem que nos fez mulher e sumiu nos percalços do mundo por razões desconhecidas.
– Terêncio?
– Quem?
– O mordomo de vocês.
– O nome dele é Augusto.
– Augusto?
– ...
– Terêncio era apelido?
– Não.
– Quem era aquele homem?
– Você quer dizer o que ele é?
– Pode ser.
– Você não viu?
– Não o bastante.

– Ele é. Simplesmente é. Você não entenderia.
– ...
– E se entendesse, enlouqueceria.
– Tá querendo me assustar?
– Você é um assustado.
Longa gargalhada. Aquilo me assustou.
– Gosta do meu corpo?
– Perdão?
– Não peça perdão. Você ama tanto meu corpo que não passou um só dia desde aquele dia sem pensar no meu corpo. Você quer meu corpo? Quer machucar meu corpo? Beijar e morder meu corpo? Cortar devagar minha pele? Sentir meu hálito de fêmea de verdade? Quer saber o que é uma fêmea de verdade? Quer conhecer a verdade?
– Você está doente. Cadê sua família?
– Meu pai viajou. Minha mãe está perdida por aí, descalça. Meu irmão trancado num quarto escuro. Só tem eu aqui. Eu e as flores. Estão lindas neste verão...
– As flores estão morrendo. E não é verão.
– Não? Não é verão?
– Onde está Tatiana?
– Esqueça. Ela não te ama. Nunca te amou.
– ...
– Ela é prisioneira. O corpo dela pertence a ele. O amor dela pertence a ele.
– ...
– Nunca irá encontrá-los. Você é só um homem.
– Onde eles estão?
– Agora?
– Onde eles estão?
– Embaixo.
– Embaixo?
– Lá embaixo. Fundo fundo. Nem adianta. Você não pode.

Não quer. Esqueça.
Quem diria. Tatiana, prisioneira dileta daquele lunático.
Dane-se. Nunca mais soube de nada. Nem de minha esposa nem de sua família maldita.
...
A – Um dia passei em frente ao mausoléu e parei para espiar. Ruína espetacular, com direito a bolores de todas as cores e odores de morte e danação. Chega dessa merda.
...
B – E os pontos de luz?
A – Serve pontos de treva?
B – Não.
A – ...
B – Preciso de pelo menos quatro. De luz. Ou o jogo acaba aqui.
A – O corpo da irmã; suas expressões de prazer. As mãos de Terêncio; meu desejo de matá-lo.
B – Ok, próxima.

6

Não vislumbro a mais vaga recordação de algo relevante na terceira idade. Terceira idade... Por que não quarta? Infância, adolescência, maturidade e "melhor idade", o infame eufemismo. Nego-me a discorrer longamente sobre o assunto. Envelhecer é tomar assento na própria mediocridade e solidão, cada dia mais. E é isso. Todos sabem que envelhecer é morrer devagar; resta-nos inventar uma porção de bobagens para justificar, com alguma decência, a decadência.

Há de ter havido alguma recordação. Nada que mereça um relato. Mentir seria suicídio. Hora de saber se quero seguir vivendo. Setenta e três invernos não bastam? Além disso, mais o quê? Bufar para amarrar o cordão dos sapatos? Se fosse capaz de responder a isso, saberia se posso inventar alguma coisa. Não seria difícil. Algo com contornos de "realidade", mas que tenha lá seu caráter de excepcionalidade.

B – Ficção não vale.
A – Tudo é ficção.
B – A escolha é sua.
A – Pois é. Só minha.
...

A – Bebendo sozinho num boteco sujo. Virei alcoólatra depois de velho. Apressar a morte, extraordinário prazer solitário.

...

A – Nessas ocasiões, quando bebo e o bar está lotado (digamos, uma sexta-feira à noite), ninguém puxa assunto. Algo que me intriga e que cansei de tentar entender. A partir de certa idade as pessoas nos evitam; talvez a experiência, as rugas, o cansaço; não sei se já não aguentamos, se já não achamos graça, já não temos saco, sabemos já no que vai dar... Não sei se as afastamos ou elas que, ao notarem o desalento, correm da gente, não sei, é um mistério. Talvez a velhice seja feia, o cheiro da velhice. Ao atingirmos certa idade, moças e moços não nos olham mais, como se estivéssemos doentes. Estou sem saber, até hoje não sei, jamais saberei por que de repente passamos a nos sentir cada dia mais solitários, invisíveis, isolados dos assuntos do mundo: se porque assim escolhemos ou se é trapaça de algum pequeno demônio que se compraz em nos ver envelhecer e perder cada um de nossos encantos como quem perde cada centavo na mesa de jogo e vai se desesperando, querendo sair do jogo, até que o crupiê nos encare e sugira com olhares que, se sairmos, nada haverá lá fora para nos entreter, e ademais temos ainda muito a provar apesar da velhice e do respeito que dizem ter por nós, todos te respeitam mas ainda querem te ver provar algo, sempre mais, mais e mais, como vampiros que não se saciam com pouco sangue. Como se fosse ficando tudo opaco e não encarássemos mais dias azuis com alegria e disposição, mas com certa desconfiança. Não sei, essa mania que temos de deixar as pessoas em paz porque elas gostam de ficar na delas, amam solidão e sossego, esse papo todo, acho isso perigoso, parece cagaço de quem não suporta o outro, de quem teme o outro por alguma razão e prefere manter distância, prefere evitar contato para não ter de encarar o diferente, não ter de encarar o intolerável igual, não precisar ignorar tudo o que talvez tivesse dificuldade de ignorar caso encarasse o outro com um pouco mais de interesse, não sei, cansei de examinar esse negócio. O enfado aliado ao lento, implacável e inescapável processo de morte foi fazendo de mim um apático. Me adianto em dizer que de normal nada tenho, o que pouco acrescenta ao que já disse. Virou norma o não-normal. Sujeito precisa afirmar sua singularidade, suas diferenças, um tesouro ao qual se aferra como quem se agarra a uma boia furada em alto-mar. Somos iguais, diferentes, tanto faz; isso não nos diferencia de nada, não nos resguarda de nada, nada nos garante.

...

A – Meu maior medo sempre foi o de não ser digno de certo sofrimento. Sujeito quer ser feliz e esquece que, para tanto, é preciso ter bom coração. Ter bom coração não é só fazer o bem aos outros (difícil demais, muitos não admitem); é fazer o bem a si mesmo. E aí chegamos a um ponto difícil, pois sobretudo a si mesmo é difícil fazer apenas o bem. Fulanos e sicranas adoram arrumar um jeito de se dar mal. Que merda será essa? Não entendo nada disso. E me incluo entre fulanos e sicranas.

B – Muita falação, pouca narração. Adiante.

A – Estava bebendo umas e decidi dar umas voltas de bicicleta. Só aos 70 comprei minha primeira bicicleta. Demorou, é verdade. Na cidade onde moro, não importa o que aconteça, terás vossa bicicleta roubada um dia. Também porque sempre achei pedalar uma atividade repetitiva; e tenho traumas de infância: meu irmão me fez cair várias vezes e isso me afastou desse tipo de veículo. Bem mais tarde compreendi todo o charme das duas rodas sem motor e o prazer que só a bicicleta pode proporcionar a quem detesta exercícios mas precisa fazê-los se quer ter alguma chance de sobrevida.

...

A – E lá fui eu pedalar. Moro em frente a um lindo aterro, numa cidade litorânea. O aterro tem uma extensa ciclovia, mais de 5 quilômetros de chão liso e plano. Montado em minha bike modelo urbano, amortecedores especiais, selim confortável, 21 marchas, azeitada e ajustada, pedalo velozmente, o vento no rosto, a alegria de viver e poder cantar e gritar nos trechos mais vazios. Por puro capricho de aventura, decido pegar um atalho. Um pouco mais à frente, tudo escurece, nenhum vestígio de iluminação pública. Um arrepio de mau pressentimento me atravessa. Dou meia-volta. Vejo dois vultos atravessarem a pista. Ouço uma voz: "Aí, privilégio! Desce." Pedalo com toda a força. Ouço trotes atrás de mim. Alguém dá um chutão no esquadro da bicicleta. Chão. O QUE ESPERAS? QUE ALGUÉM TE SALVE ALGUÉM TE VIVA ALGUÉM TE AME ALGUÉM SE APIEDE DE TI? ONDE QUER QUE PROCURES, PROCURARÁS EM VÃO. NÃO LAMENTES NEM SE REBELES NEM SE DESESPERES. VIRÁ A ONDA, DEVASTARÁ SEU MUNDO EM SEGUNDOS. NÃO TE OCUPES DA DOR DOS TEUS, SERÁ TÃO BREVE QUANTO O TEMPO DE UMA VIDA. NÃO TE OCUPES COM RENASCIMENTOS, NÃO SERÃO DADOS A TI. NÃO TE OCUPES COM ORAÇÕES, NÃO HAVERÁ OUVIDOS. Dois mascarados. Por que escondem o rosto? O rosto é uma insígnia. Em meio ao deserto, perdidos, devemos mostrar o rosto. Ainda que o sol, ainda que o pó, que as areias, a secura, as pedras... Ainda que não venha a chuva.

– É isso? Uma bicicleta? Só por isso?
– Fique com sua bicicleta.
– O que então?

– Seu corpo.
– ...
– Vamos matar seu corpo.
– *Be my guest*.
– Ele disse pra ficarmos à vontade.
– Quem é ele?
– Ele não fala.
– Por que não tiram a máscara?
– Como quer morrer?
– Posso escolher?
– ...
– Tiro entre os olhos.
– Vai se entregar sem luta?
– ...
– Não vai espernear? Implorar por clemência?
– Não vou te dar esse tesão.
– Tá com medo?
– Me'de morrer?
– Tou vendo daqui seu medo.
– Manda um abraço pra ele.
– Vou matar seu corpo devagar.
– Divirta-se.
– Tá vendo isso?
– ...
– É uma faca de caça.
– E eu sou um javali.
– Vou te destripar.
– Neste caso, te conhecerei melhor do que você mesmo.
– Tá maluco?
– Vou saber quem é você para sempre.
– Tá maluco? Não vou te matar assim, tão lúcido. Que que eu faço?
– Pergunte ao seu amigo que não fala.

– (ao amigo que não fala) E aí? A gente faz o quê?
A – O mudo tira a máscara – um homem comum – e crava em meu peito a faca de caça. Doeu, mas foi doce.
...
A – E é isso. Acordei aqui.
...
B – Você é engraçado.
A – Sou super sem graça. Tão sem graça que me faço lembrar o dia que o pneu do meu carro furou a caminho de um casamento e tive que trocá-lo e sujei todo meu terno e subi no altar pra ser padrinho todo cagado de graxa.
B – Faça piadinha. A dor não diminui. O medo não cede.
A – Fui reprovado?
B – Essa história. Você a inventou.
A – Minha memória... Nada melhor pra contar.
B – Mas foi ruim.
A – E se fosse boa?
B – ...
A – Um último desejo?
B – Cigarro?
A – Não fumo.
B – Toma. Esse é pra você.
A – Já que insiste.
(fogo; fumaça; fumam)
A – Me conta.
B – ...
A – Por favor.
B – ...
A – O que aconteceu?
B – ...
A – Por favor.
B – Já que insiste.
(fumam; fumaça)

B – Vieste até mim. Um amigo seu lhe deu meu contato. Não sei que amigo, nem como conseguiu.
A – ...
B – No começo achei que estivesse blefando. Não poderia. Só me acha quem foi devidamente informado. E se lhe deu meu contato, seu amigo estava morto. Não aguentou o tranco. Sou o último refúgio. Não há covarde que não me reconheça.
A – Se meu amigo estava morto, como me deu seu...?
B – Irrelevante.
A – O que eu queria com você?
B – Ainda se pergunta?
A – ...
(fumaça; fumam)
B– Quando entrou, estava abraçado a uma mulher. Pequena, valente, inteligente, boca linda, sorriso luminoso, corpo bem proporcionado. Antes de vir falar comigo, pediu a ela que me fizesse umas perguntas. Respondi em respeito à moça, que parecia areia demais pro seu caminhãozinho. Enquanto conversávamos, ficaste agarrado ao balcão, bebendo. Cheguei a achar que tivesse alguma dignidade, algum poder, algum carisma, algo interessante em você. Engano. Apenas um homem triste, envelopado em desespero.
– Ele quer saber quem é você.
– Faz diferença?
– Pra ele faz.
– E pra você?
– Por que se importa comigo?
– Porque eu quero.
– Eu sei quem você é.
– Sabe?
– ...
– E por que não diz a ele?
– Vai achar que estou louca.

– Se importa de dizer como soube de mim?
– Todos sabem de você.
– ...
– ...
– O que acha? Ele tem saída?
– Muitas.
– Então por que me procura?
– Porque não sabe disso.
– E por que não o ajuda?
– Acha que já não tentei?
– ...
– Ele só acredita no que quer. E acredita mal.
– Acredita mal. Boa essa. Você acredita bem?
– Sim.
– No que acreditas?
– Não lhe devo essa.
– Gostei de ti.
– ...
– Tens coragem. Me encaras com força.
...
B – Ela se levanta, caminha até você, beija sua boca, diz que te ama, que foste o único que ela amou de verdade... Essas coisas que dizem as mulheres aos homens quando sabem que estão prestes a cometer um grande erro.
A – As mulheres ou os homens?
B – Perdão?
A – Quando as mulheres ou os homens estão prestes a...?
B – Ambos.
(fumam; fumaça; apagam os cigarros)
B – Após longa conversa com sua amada, finalmente vens falar comigo. Sentou-se à minha frente e disse: "Nunca soube o que querer da vida. Coisa misteriosa o querer. Os quereres. Carrinhos de trombada quicando uns contra os outros, sem fina-

lidade. Qualquer que seja a chance, aleatória. Qualquer que seja a escolha, uma aposta. A dificuldade de dividir a vida, o amor, a alma, o outro o eterno enigma, o eterno impossível. A incapacidade de deixar de achar que tudo existe para nós. Mesmo surrados pelos dias, vivemos vidas que nos humilham, aprendemos pouco demais. Não amadurecemos, não crescemos, não saímos do lugar. Crianças mimadas em corpos de adultos, crianças em corpos velhos. Se nasci para isso e viver não passa disso, para mim chega. De viver, de nascer. Não apenas não viver, não nascer mais. E mais: não nascer não somente neste mundo como em qualquer outro. Não ser. Muitos preferem ser; creem que é melhor que não ser." Fez uma pausa, olhou as pessoas em volta e arrematou: "Mas quem foi o arrombado que disse que ser é melhor que não ser?" Encarou-me por um tempo, à espera de uma resposta, que não veio. Assim, concluiu: "Tagarelas irremediáveis, tarados renitentes e queixosos. Se somos dignos de existência? O mundo e o resto pode passar sem nós." E estendeu-me, por debaixo da mesa, uma faca de caça.

...
A – E então? Vou morrer?
B – Como se sente?
A – Bem, bem.
...
A – E agora?
B – Perdeste o jogo.
A – Meu corpo lhe pertence.
B – Seu corpo já enterrei. Só a alma tem alguma chance.
A – ...
B – E a sua... é minha.

Este livro foi impresso em setembro de 2018
pela Docuprint, com papel Avena de 70g/m².